The Sandstone Mea[...]
aimed at Advanced Gae[...]
accomplished readers. 1[...]
readers come from an Engli[...]
they open with an introduction from the author that
will contextualise and lead into the story. Other
English language aids will appear as best
fits. These stories are of novella length and so less
daunting to the developing reader of Gaelic.
They should serve as an intriguing introduction to
longer works such as those published for the Gaelic
Books Council under the Ùr-Sgeul colophon.

Litir à Ameireagaidh tells of the life of Donald
John who, in the years after the Great War, leaves
Uist to work as a policeman, initially in Glasgow
and later in New York.

The story tells of the twists and turns his life takes,
of the man's character, the questions he asks
himself and the decisions he makes.

Donald John's feelings and thoughts are very
natural and affect most of us: love and hate,
marriage and separation, deceit and violence,
success and disappointment, good
times and bad times.

The end of *Litir à Ameireagaidh* is a reminder that
'As a man sows, so he must reap.'

ABOUT THE AUTHOR

Flora MacDonald was born and brought up in Benbecula. She has been bestowed with a creative imagination and takes her writing skills from one of her relations, the Rev. Angus MacDonald, one of the two authors who wrote the history of Clan Donald.

Flora is involved in four types of writing: novels, short stories, poetry and drama, but mostly writes for children. She has written three children's novels: *Dìomhaireachd Caisteal Bhuirgh* (Comunn na Gàidhlig is Acair, 1993), *An Dìleab* (Acair, 1999) and *Reubairean Roisinis* (Acair is an Stòrlann, 2001). *Dìomhaireachd Caisteal Bhuirgh* has been read on radio and dramatised on television. She has also written Gaelic educational stories for the television programme *Baile Mhuilinn*.

Flora graduated from Strathclyde University in 1993. She now lives in North Uist, where she is involved in Arts in the Community and has established groups involved with painting, singing and local history. She received the Ailsa Cup for Poetry at the 2006 Mod in Dunoon.

As an aid to readers who are not yet wholly familiar with Gaelic, *Litir à Ameireagaidh* comes with a brief introduction to contextualise the story, and chapter guides to point the way.

Litir à Ameireagaidh

Flòraidh NicDhòmhnaill

The Meanmnach Series

Sandstone Press Ltd
Highland, Scotland

The Sandstone Meanmnach Series

Litir à Ameireagaidh by Flòraidh NicDhòmnhaill
First published 2005 in Great Britain as a download by
Sandstone Press Ltd, PO Box 5725, Dingwall,
Ross-shire IV15 9WJ, Scotland.

Scottish Arts Council

The publisher acknowledges subsidy from the
Scottish Arts Council.

Copyright © 2005, 2007 Flòraidh NicDhòmhnaill
The moral right of the author has been asserted in accordance
with the Copyright, Designs and Patents Act 1988.

ISBN: 978-1-905207-11-4

Le taic o Chomhairle nan Leabhraichean

Thanks to Norman MacArthur for editorial assistance

Designed and typeset by Edward Garden Graphic Design,
Dingwall, Ross-shire, Scotland

Printed and bound by Biddles, King's Lynn, Norfolk UK

SANDSTONEPRESS
CONTEMPORARY QUALITY READING

www.sandstonepress.com

INTRODUCTION

Scotland suffered disproportionate losses in the First World War, and the Western Isles suffered most grievously. The Memorial on those wind-whipped isles bear eloquent testimony. The economy weakened and only time would tell whether community spirit and values could survive and come through. It must have seemed a good place to leave, as the hero of *Litir à Ameireagaidh* decided.

It also, though, certainly and without doubt, carved its shape on his heart before he left. A strong moral code was imprinted there beside the deep respect afforded to the dead and dying. That is, not only respect for the fathers who had lost their lives but also the way of life and the language that were weakened and ailing.

Leaving the Isles was no new experience, but this deep, apparently terminal, failing gave a new poignancy. Three rocks, he might have believed, would never change: his mother, his church and Peggy, 'the girl he left behind'. As time would tell, they would still be there on his return.

But Donald John quickly becomes accomplished at 'leaving behind'. On a time-worn route he moves to

Glasgow and there joins the police. Glasgow is also poor, and unhealthy. Its industries pollute as they create, and beside its great wealth there is great poverty. Talented but unsettled, Donald John is still in want of a future. The same time-worn route takes him across the Atlantic to America, to New York and Prohibition.

He joins the NYPD and for the first time confronts Evil. By now time and distance, and ambition, have partially erased the code of the Uists. Donald John succumbs to corruption. His memories of Peggy are also weakened, although he continues to write. When he falls in with Sinéad, a schemer who must have him at any cost, matters take a turn that will cut Peggy away from him forever.

Now the point of the novella's title becomes apparent, and the story plays out to its inevitable, tragic end on Uist. On the moral plane Donald John's ambitions and methods are eventually overcome by his early upbringing. For all he may suffer remorse, though, Donald John has done wrong that carries its own inbuilt retribution.

Home again on the Islands, he reconnects as best he is able with the three rocks he left behind, but finds them changed. On the other hand, the time-proved values of his first community are not changed, and they are unforgiving. The end of *Litir à Ameireagaidh* is bleak and uncompromising, but consonant with a stern religiosity. Donald John's Hell is to live in the presence of love but to be forever removed from it by the choices he has himself made.

Litir à Ameireagaidh

Caibideil 1

Donald John leaves Uist as a young man in 1920. On the ferry to the mainland he first has feelings of hope, optimism and excitement about a new life and opportunity. But soon these change to feelings of sadness at leaving his sweetheart, his parents and all that he knows and loves.

Donald John's dreams and aspirations are matched by the waves, which are bright, surging and rushing when it is daylight, but his gloom is intensified by the black sweeping waves when it becomes dark. He finally goes to sleep.

B' e a' bhliadhna 1920 a bh' ann. Bha Dòmhnall Iain na sheasamh air an aiseag, am *Plover*. Bha e a' faireachdainn mar uan a bha air an cipean a bhuain às an talamh agus air teicheadh air falbh. Cha robh e ach beagan is fichead bliadhna. Sheall e air taighean Loch Baghasdail, agus bùth Sheonaidh Clarke, far am biodh e a' faighinn suiteas neo dhà. Gu dearbh cha robh iad pailt, ach bha e a' faireachdainn am blas na bheul an-dràsta.

Carson a bha e coimhead air ais? B' ann air adhart a bha còir aige a bhith sealltainn. Thionndaidh e air falbh agus rinn e air deireadh a' bhàta, a' feuchainn ris na smaointean a bha a' ruith na cheann atharrrachadh. Nach iomadh duine a dh'fhalbh riamh airson a' chiad turas – nach fheumadh iad sin, agus obair is adhartas fhaighinn air tìr-mòr.

Bha a' mhuir aig deireadh a' bhàta na brot geal, a' goil mar gum biodh poit mhòr gun mhàs. Thog seo a spiorad, inntinn a-nis air ghoil cuideachd, a' plupadaich is a' plapadaich, ga tharraing suas is sìos leis a h-uile stuagh. Bha e a' leum air bhàrr gach stuaigh is a chridhe làn dòchais: beatha ùr, obair is airgead, a h-uile cothrom air beairteas is uaisle ann am baile mòr Ghlaschu. Còmhla ris a sin, bha e air ghoil le gaol.

Thionndaidh a smaointean gu Peigi agus a h-uile sìon a gheall e dhìse. Cha b' fhada gus am biodh sgillinn neo dhà na phòca airson a faradh a chur thuice. Is iad a bhiodh làidir an uair sin. Sheall e fada a-mach gu muir is rinn e dealbh air bean is teaghlach mar bu chòir.

Bha e air a dhòigh a-nis. Bha e a' seòladh air ais is air adhart, suas is sìos leis a' mhuir bheucach gheal. Bha

Dòmhnall Iain cho aotrom ri faoileag – Peigi anns an dachaigh laghach is a teaghlach blàth, cruinn mu chuairt oirre.

Shuidh e leis fhèin air a' bheinge fhuair. Bha e airson deagh ghrèim a chumail air an dealbh a bha roimhe, is chùm e a shùil air a' chuan. B' fhearr leis gu robh Peigi ri thaobh an-dràsta agus ghealladh e a bhòidean a-rithist dhi. Bha e feumach an-dràsta air a taic ghaolach. Shuath oiteag mhòr bhlàth air a chridhe is leig e osna mhòr às a chom.

Dè a-nis mura faigheadh e obair? Dè siud is dè seo, agus dè nan tachradh fear eile oirre? Dè nan toireadh fear eile seachad a bhòidean cuideachd – ach chan e sin, ach gun rachadh aige air an cumail?

Sheas e agus dh'fhairich e an eighealaich ga reothadh. Chrath e e fhèin agus dh'fheuch e ris na smaointean dubhach mosach a sguabadh air falbh. Bha iad mar gum biodh daolagan beaga biorach ag èaladh agus a' criomadh air na smaointean blàth dòchasach a bh' aige chon a seo.

Bha ciaradh an fheasgair ann a-nis, agus thàinig e air gun fhiosta. Feumaidh gun do shuidh e greis mhath air bhàrr nan stuagh, am broinn na h-aisling sa bhrot gheal. Cha bu lèir dha aon òirleach de thalamh Uibhist a-nis. Ma bha e air a bhith geal far an robh e na shuidhe, bha e a-nis cho dubh ri tòn na poite. Thuit e dhan domhainn dhorcha agus bha e brònach dubhach a-nis. Bha an t-uan a shlaod leis an cipean a-nis a' faireachdainn air chall: uan gun mhàthair, gun athair, gun phiuthar, gun bhràthair, gun Pheigi. Cha robh faochadh neo blàths air a' bheinge fhuair agus na neòil dhubha.

Bha a' mhuir bheucach dhubh-ghorm a' siubhal is a' seòladh seachad air. Chitheadh e dromannan nam mucan-mara agus thog sin a smaointean air cunnartan eile. Chual' e mu submarines a' Chogaidh. Shaoil e gu robh e na theis-meadhan. Cha b' urrainn dha a thuigsinn mar a bha a h-uile sìon geal, soilleir, dòchasach an toiseach agus a-nis dubh, dubh, dubhach. Bha e mar gum biodh e air latha is oidhche a chur seachad ann an uair an uaireadair.

Cha robh e gu diofar an coimheadadh e thuige no bhuaithe, oir bha na neòil dhorcha a' seòladh seachad nan cabhaig os a chionn. Bha a' mhuir a' siubhal mar mhucan-mara dubha, srann is fead acasan cuideachd. Bha iad an dà chuid ga tharraing is ga shluigeadh, a chridhe dubhach a' seòladh còmhla riutha.

Thuirt e ris fhèin, A bheil mi a' dèanamh an rud nach bu chòir dhomh, a' fàgail mo dhaoine is mo dhùthcha, a' cur cùlaibh riutha? Carson nach tug mi leam Peigi? An ann mar seo a tha mo shaoghal gu bhith, dorcha is mì-chinnteach, is a h-uile sìon a' falbh cho luath is gun cothrom agam stad air talamh rèidh neo fois is tàmh fhaighinn?

Chrath e e fhèin a-rithist, mar gum biodh lach riabhach a' crathadh dhith an t-sàil. Bha fuachd na h-oidhche air drùdhadh air a chnàmhan. Bha an eighealaich am bàrr a mheòirean. Ghabh e cuairt eile timcheall na deic, ach bha an aon sealladh coimheach cruaidh mu choinneamh. Cha robh faochadh ann dha. Chaidh e staigh dhan steerage is shìn e e fhèin ann an oisean. Ma dh'fhalbh e bho shrann na muice-mara a bha muigh, bha srann eile a-staigh an seo. Bha Lachlainn Sheonaidh na shìneadh is fuaim aige a dhùisgeadh na mairbh, agus a bhean Màiri Anna ri thaobh, is cha robh ise mòran na b' fheàrr, a' trod is a' gnòsad ris 's ga phutadh. "An ainm an Àigh, nach stad thu dheth," chanadh i ris.

Mu coinneamh-se ann an oisean eile bha Tormod Eòghainn a' sluigeadh à botal uisge-bheatha agus srann is brùchdail aigesan cuideachd, leis na bha e air a thoirt às a' bhotal. Abair chorus a-staigh an sin.

Chuir Dòmhnall Iain dheth a sheacaid is shuain e e fhèin innte, a' dèanamh cinnteach gu robh i mu cheann is mu chluasan, agus rinn e 'switch off'.

Caibideil 2

Donald John awakens in a tiny closet in a Glasgow tenement flat. He enjoys a hearty breakfast with his relatives. He studies his new surroundings, a tiny kitchen with its fog-glazed window. He is fascinated and amused at watching his Uncle shave by the kitchen window.

His Uncle then appears in a policeman's uniform and pulls Donald John with him to find employment. He now feels like a child tottering on his first steps.

Dhùisg brag air an doras e. Bha Oighrig, piuthar-athar, air a dòrn mòr tacsail a chur air cùl an dorais. Lean a guth mòr làidir, ag iarraidh air èirigh.

Sheall e mu chuairt. Bha e ann an clòsaid bheag dhorcha chumhang agus bha a leaba caol cumhang a rèir sin. B' e broganach tiugh trom a bha ann an Dòmhnall Iain, agus bha e a' spreaghadh a-mach às a' chùil anns an robh e. Rinn e an gnothach air èirigh agus air cur uime le èiginn.

Thug e ceum sìos dhan chidsin, is e a' leantail àileadh na còcaireachd. Bha Oighrig is Ailean bràthair-athar an sin, nan suidhe aig a' bhòrd. B' e àite beag mùgach dorcha a bha seo cuideachd, ach dh'fhairich e blàths is àileadh na hama. Bhlàthaich a chridhe sa mhionaid.

Chuir iad le chèile fàilte air, agus ann an diog bha truinnnsear mòr teth hama air a bheulaibh. Cha do dh'ith Dòmhnall Iain criomag bhon a dh'fhàg e an taigh, ged a bha na sgonaichean a thug a mhàthair dha fhathast am bàrr a bhaga. Cha robh gearradh sannt aige orra. Shluig e a h-uile criomag a bh' air a bheulaibh mar gum biodh sgarbh a' deothal chudaigean.

Shuidh iad greiseag a' bruidhinn mun bhòrd. Chaidh innse dha gu robh e air 56 Chancellor Street ann am Partaig, air an lobhta a b' àirde. Dh'inns iad dha cuideachd ciamar a gheibheadh e mu chuairt a' bhaile agus àireamhan nan tramaichean is nam busaichean a bha a' dol seachad air an t-sràid.

Sheall e mach air uinneag a' chidsin, ach cha robh leus idir ann. Bha na leòsain glas gu lèir, mar gum biodh iad air an strìochadh le peant nam bàtaichean-cogaidh, agus pìosan mòra dubh air fheadh sin, mar gum biodh leacan mòra glasa agus crotal dubh is glas a' fàs orra. Bha iad dìreach a' toirt na chuimhne na lice mòire shìos fon taigh aige ris an canadh iad Leac an Iasgair. Shaoil e nach robh am boireannach seo a' glanadh nan uinneagan ro thric, ach cha bhiodh sin furasta air an lobhta a b' àirde!

Dh'èirich Ailean bhon bhòrd is sheas e aig an uinneig. Thòisich e air sgudadh is lomadh dheth na feusaig le ràsar a bha e a' suathadh an-dràsta 's a-rithist ann an crios dubh leathair a bha crochte air tarraig bheag dhubh. Is ann a bha e a' toirt an cuimhne Dhòmhnaill Iain tè dhe na h-easganan sleamhainn, caol, cam a bhiodh athair a' toirt dhachaigh airson biadh. Bha muga beag tiona aige, agus an-dràsta 's a-rithist bha e a' bogadh bruis bheag dhan tiona agus a' cur rob geal air fhèin. Bha Dòmhnall Iain air a bheò-ghlacadh.

Bha Ailean na bhroganach tiugh cuideachd, agus bha Dòmhnall Iain a' gabhail deagh bheachd air a bhodhaig is air a h-uile ceum a bha e a' gabhail. Bha e na sheasamh ann an sin na sheamad is na gaileis slaodte ri dhà chliathaich. Bheireadh e greiseag an siud 's an seo air aodann coimheach a chur air fhèin, na busan bàna lan cop air an sèideadh a-mach is e a' dèanamh chuinnsichean aig an aon àm. Uaireannan bha e a' fosgladh a shùilean mar dhuine a bh' air a sgràthachadh. Shaoil Dòmhnall Iain gu robh e air taibhse fhaicinn, air neo b' e a nàbaidh Cailean Mòr a bha e a' faicinn a' sèideadh na pìoba-mòire san dachaigh aige. Bhiodh busan Chailein ag at is a' sèideadh nuair a bhiodh e a' draghadh aiste nam port. B' e an rud a b' èibhinne buileach gu robh Ailean eile anns an sgàthan bheag a bha crochte ri taobh na h-uinneig.

Sgol Ailean an uair sin an t-uisge a-mach às a' mhuga bheag agus thiormaich e e fhèin agus an ràsar le bloigh searbhadair. Leum e sìos tro dhoras clòsaid bhig eile, ach cha b' fhada gus an do thill e.

Chlisg Dòmhnall Iain. Is ann a bha mu choinneamh a-nis ach poileasman mòr. Bha deise dhubh-ghorm air is putain mhòra airgid air an t-seacaid is iad a' deàrrsadh mar na rionnagan air oidhche bhrèagha ghealaich aig an taigh. Bha an uair sin ad mhòr àrd chruaidh air. Cha robh sgeul air na gaileis a-nis, agus nan àite bha bioran làidir maide. Cha bu toigh le Dòmhnall Iain slacadh dhan fhear ud fhaighinn.

Rug Ailean air ghualainn air Dòmhnall Iain agus thuirt e, "Thugainn thusa còmhla riumsa is gheibh mise obair dhut."

Leis a sin chaidh iad sìos an staidhre bheag chumhang. Bha Dòmhnall Iain a' gabhail nan ciad cheumannan airson obair agus bha e a' faireachdainn mar phàiste a' tòiseachadh ri coiseachd.

Caibideil 3

Donald John is now employed as a policeman. He is notified of the terms and conditions of his employment. He feels immense power and status as he dons his uniform, but these feelings contrast with the noise, confusion and culture-shock at the end of the day in industrial Glasgow.

His thoughts paint a picture of Glasgow's living and working conditions during that period. He compares this grim environment to the one he left behind and his emotions swing between a nightmare and a pleasant dream. It is not an easy time for him and his contemporaries from Ireland and the Islands, and he questions his role in this hopeless situation.

Bha Dòmhnall Iain a-nis an teis-meadhan straighlich is gaoirich a' bhaile mhòir. Thòisich e air a' bhiot an ath latha. Chaidh e staigh dhan oifis agus fhuair e deise dhubh nam putan geala, agus cuideachd am baton agus brògann làidir taiceil tacaideach. Dh'fhairich e a chumhachd a' dol an-àirde mar a bha e gan cur air.

Bha a chom làidir brogach fhèin a' lìonadh na deise agus nam brògan mòr a-nis. Dh'fhairich e gu math na b' àirde, agus nuair a chuir e air an ad, dh'fhairich e troigh eile na b' àirde. Dh'fhairich, a laochain. Cheangail e an uair sin am baton ri thaobh agus bha e deiseil is deònach an obair a dhèanamh. Bha misneachd is moit is cumhachd is àirde aige a-nis.

Smaointich e air na gillean a bha sa Chogadh agus air na h-èilidhean is eile a bha orrasan. Tha fios gur iad a bha a' faireachdainn moiteil spaideil a' chiad turas a chuir iad umpa iad. Ann an dòigh, bha esan a' dol a chogadh cuideachd – an aghaidh trustair Ghlaschu.

Thuirt iad ris gur e am pàigheadh a gheibheadh e ceithir notaichean is deich tastain san t-seachdain. Dh'fheumadh e a bhith air a' bhiot bho shia uairean sa mhadainn gu sia uairean feasgar. Dh'inns iad cuideachd mu na sràidean a bh' aige ri choiseachd, na taighean-òsta a bh' air na sràidean sin agus na h-uaireannan a bhiodh iad fosgailte. Bha aige cuideachd ri not dhan phàigheadh a thoirt seachad airson drama an deireadh-sheachdain.

Nuair a thàinig deireadh na seachdain, cha robh Dòmhnall a' faireachdainn cho fìor mhath is a bha e nuair a chuir e air an deise an toiseach. Dh'òl e a dhrama còmhla ris na gillean eile ceart gu leòr, ach thug e an taigh air an uair sin. B' e oidhche robach gheamhraidh a bh' ann. Bha e a' faireachdainn cho searbh ris na sealbhagan fhèin.

Chaith e dheth a chuid phutan is bhrògan is eile, is shìn e greiseag air an leabaidh chaol iarainn anns a' chlòsaid. Bha fuaim is staram is gleadhraich na sràid a' ruidhleadh mu chuairt na cheann mar gum biodh roth cartach a' tionndadh 's a' glagadaich. Bha a h-uile cuairt a' bualadh mar òrd-ladhrach air mullach a chinn.

Nuair a bha an ùpraid a bha na cheann car air sìoladh sìos, thòisich e ri smaointinn. Dhùin e a shùilean agus thòisich e ri feuchainn ri rudan a chothromachadh na cheann. Thòisich e leis an là an-diugh fhèin.

Bha e air a bhith a-muigh mun do shoilleirich i aig sia uairean sa mhadainn. Bha e ann an sin na stob na sheasamh aig oisean Sràid an t-Seansalair fad finn-fuaineach an latha. O, bha, a ghràidhein. Cha robh an còrr air.

Cha b' fhada gus an robh busaichean is tramaichean a' bùireanaich sìos is suas an t-sràid, làn gu an ugannan a' slaodadh nan daoine dha na gàrraidhean-iarainn. Bha na solais aca mar ghealach mhùgach ag èaladh mu ghualainn na Beinne Mòire air feasgar fliuch. Bha ceò dubh a' spùtadh a-mach às na similearan agus ceò glas a' lìonadh nan speuran. Bu ghann gum faiceadh tu leus. Bha a' phlangaid dhubh-ghlas a bha seo air a sgaoileadh air gach taigh is sràid is creutair a bha gluasad. Chan e sin, ach bha i mar gum biodh nathair ghrànda a' tachdadh do shùilean, do bheòil is do shròin. Chanadh muinntir Ghlaschu 'pea-souper' rithe, ach bha ainm eile aigesan oirre: 'Ifrinn', ma bha i riamh ann.

Caibideil 4

In Glasgow Donald John is suffering the pressures of difficult work. He both witnesses and experiences the hardship of life. The riff-raff he has to deal with are getting him down. He decides to leave for America with his friend Archie.

Bha na bliadhnaichean air seòladh seachad is e ris an aon dol-a-mach a h-uile latha, a h-uile seachdain, a h-uile mìos is a h-uile bliadhna. Sheas Dòmhnall Iain aig ceann na sràid tràth sa mhadainn. Cha robh duine a' gluasad, is thòisich e air smaointinn air an obair aige. Chunnaic e na h-ìomhaighean mu choinneamh: boireannaich a' slaodadh an cuid chloinne dhan sgoil, feadhainn a' slaodadh an cuid ghiobagan aodaich dhan taigh-nighe ann an seann phram, agus feadhainn eile is an dà chuid pramaichean is giobagan a' slaodadh riutha. Bha e ann an sin, a' coimhead air an lurgainnean cama, caola, brèid thana chotain a' baganachadh nan rollers aca agus na Woodbines bheaga air am fiaradh ann an oiseanan am beòil.

Cha robh mòran eile aca a rachadh nam beòil bhochda. Bha na fir aca is cuid dhiubh fhathast air an druim-dìreach san leabaidh, air an daoraich. Bha a' chuid eile dhiubh nam fallas anns na gàrraidhean-iarainn, an duslach is an toit gan dubhadh is gan dathadh is gan tachdadh. Cha robh iadsan a' faicinn mòran de sholas an latha ach am beagan a chitheadh daoine le smùid nan similearan mun cuireadh iad seachad dà uair dheug a' tionndadh nan cuibhlichean a bha a' biathadh na toit agus a' toirt pailteis is beairteis dha na h-uachdarain aca. Chan e cuibhle an fhortain a bh' ann dhaibhsan, na diolachan-dèirce – chan e, a ghràidhein. Bha iad cho truagh ri radain air an glasadh ann an seòmraichean dubha dorcha.

Aig deireadh na seachdain bha iad ag òl na cuid bu mhotha dha na sgillinnean truagha a bha iad a' cosnadh. Cha chuireadh tu coire orra, is iad cho tioram ri maide-mosgain. Nach fheumadh iad faochadh air choreigin?

Chrath Dòmhnall Iain e fhèin a-mach às an trom-laighe san robh e. An ann gearaineach a bha e? Nach robh e ag obair a-muigh co-dhiù, is nach robh e slàn fallainn? Nach fhaodadh e na sgillinnean suarach aige fhèin a chosg mar a thogradh e? Cha robh esan mar a bha a' chuid bu mhotha dha chompanaich, agus deich neo dusan beul a' feitheamh chriomagan bìdh a bha an cuid tuarastail a' dol a phàigheadh. Cha robh e furasta dha na fir, is gu dearbh cha robh e furasta idir, idir dha na boireannaich. Cha robh.

Seo an suidheachadh anns an robh e, ge-tà. Smaointich e air a dhaoine fhèin: boireannaich mhòra chalma ag altram chloinne, ri obair taighe is fearainn is eile. Cha mhòr nach robh iad an dà chuid fireann agus boireann. Bha biadh is aodach is blàths aca ann an anail ghlan na cruthaigheachd, gan neartachadh agus gan stèidheacheadh. Bha na fir air a rèir sin, tapaidh agus calma. Nach e sin a dh'fhàg e fhèin an seo. Bha a leithid ainmeil airson smachd a chumail air truaghain Ghlaschu.

Bha esan air falbh às an dealbh bhrèagha shocair far an robh e a' fuireach agus air aghaidh a chur air an smùid agus air an airgead a bha na cois. Dè bha sin a' ciallachadh? B' fheudar dha an latha sin fhèin leth-dusan fear a cheannsachadh. Thòisich iad air èigheach is trod is sabaid an teis-meadhan na sràid aig trì uairean feasgar.

Bha cion na dibhe is cion an smoc is cion a' bhìdh air na foighidinn aca a dhèanamh goirid. Bha iad a' feuchainn nam breaban air is a' caitheamh na bha de speuraidhean is de dhroch cainnt air an teanga air. Bha e fortanach gu robh e mòr làidir, oir cha robh mòran lùiths annta. Bha iad mar gum biodh treud de sheangain a' bìdeadh is a' gaoirich mu chuairt air. Bha cion dibhe a cheart cho dona ri cus dith aig àm sgaoileadh nan taighean-seinnse. B' e obair-san rian is smachd a chumail orra an uair sin, iad air an cur chon na sràid, diombach gun deach an caitheamh a-mach is am pathadh gan dalladh.

Bha ùpraidean eile ann cuideachd, oir bha daoine far an dòigh le cion obrach. Bha iad a' bristeadh uinneagan nam bùthan is a' caitheamh chlachan air a' phoileas. Bha an sluagh ag èirigh an aghaidh fir nam putan is nam brògan. Bha laghan ùra a' tighinn a-staigh a thaobh na dibhe, is iad a' feuchainn ri casg a chur air an daoraich.

Cha b' e àm furasta idir a bh' ann dha fhèin is dha sheòrsa. A bharrachd air a sin, bha Èireannaich is Albannaich a' conas air a chèile a thaobh creideimh, agus bha cion a' chothruim, cion an airgid is cion siud is cion seo a' cumail na h-aimhreit air ghoil.

Seo, ma-tha, beatha an duine mhòir chalma à Uibhist. Bha aige ri smachd a chumail air daoine a bha air an dinneadh am broinn chlòsaidean beaga agus air daoine a bha air am mùchadh is air an tachdadh am broinn ghàrraidhean-iarainn. Bha iad air am fàsgadh anns a h-uile seagh.

Seadh, cò esan, na dheise dhubh-ghorm nam putan is nam
brògan làidir, a' smachdachadh is a' ceannsachadh sluagh gun chothrom gun duais, gun taing gun urram sam bith? B' e seo sluagh agus slabhraidhean cruaidhe dubha nan gàrraidhean-iarainn mun amhaich. Nach robh smachd gu leòr an sin mar-thà? Cha robh mòran taing neo duais aige fhèin air a shon, ach bha e ag ionnsachadh a h-uile latha a bha e ag èirigh mar a

dhèanadh e foill is cron is breug. Ann an dòigh bha esan na bu mhiosa na iadsan.

Chaidh e dhachaigh an oidhche sin is a h-uile smaoin a bha seo ga leantainn. Shìn e air a leabaidh chaol chruaidh feuch am faigheadh e faochadh, ach cha d' fhuair. Ach cha robh e fada a' dusgadh às an trom-laighe nuair a chual' e gnogadh cruaidh air an doras. B' e a charaid Eàirdsidh a bh' ann, agus thuirt esan ris, "Thugainn a-mach às an àite seo, prìosan làn smoc is acrais is mì-mhoidh is mì-cheartais. Tha sinn air ar dìol fhaighinn dheth. Mach à seo. New York – sin an t-àite. Thèid sinn ann air an ath bhàta."

Bha Dòmhnall Iain deiseil.

Caibideil 5

Donald John and Archie leave under the impression that life in New York will be simpler and easier than in Glasgow. However, there are other difficulties and temptations that confront them.

New York and the whole of America is in the grip of Prohibition and Donald John now has the opportunity of becoming rich through the illegal wheelings and dealings of the period.

After much soul-searching he decides to follow the sway. He becomes very successful, feels he is on the crest of a wave and is soon promoted to the rank of Captain.

He experiences wealth and power and he and his contemporaries are silver icons in their roles.

Ràinig Eàirdsidh is Dòmhnall Iain baile mòr New York anns a' bhliadhna 1923. Chual' iad ann an Eaglais Bhaisteach ann an Glaschu mu dheidhinn a'

Phrohibition agus mun lagh a chaidh a stèidheachadh ann an 1920. Bha an lagh seo a' cur casg air reic na dibhe, is bha seo, ma b' fhìor, a' dol a dhèanamh an t-sluaigh na bu dòigheile, agus bha an lagh a' dol a ghlanadh nan trioblaidean a bha an cois buaidh na dibhe.

Ràinig an dithis làn dòchais gum biodh am beatha fhèin fada na b' fhasa. Shaoil iad nach biodh obair fir nam putan is nam brògan idir cho doirbh 's a bha i ann an Ghlaschu. Cha bhiodh seangain bheaga na daoraich is na droch cainnt cho pailt air sràidean New York.

Ach bha cunnartan eile romhpa, agus cha robh iad fada ann gus an do thuig iad seo. B' e aon dha na cunnartan cho furasta is a bha e airgead mì-laghail a dhèanamh air reic is ceannach dibhe. B' e seo an gnìomhachas bu chudromaiche uile ann an New York. Bha a h-uile mac màthar an sàs ann ann an dòigh air choreigin.

Thuig Dòmhnall Iain gu robh e air slighe eile na obair a-nis. Bha lagh na dùthcha uile-gu-lèir mì-laghail – obair a' phoilis gu h-àraid, obair luchd na Cùirt agus obair an luchd comhairle is riaghlaidh. Bha a h-uile cothrom aig Dòmhnall Iain airgead a dhèanamh a-nis, is na chois sin bha cunnartan is mì-cheartas dhan a h-uile seòrsa. Fhuair e am fiosrachadh dha fhèin a' chiad sheachdain a bha e air na sràidean. Bha e nis ann an saoghal eile, math neo dona.

Dìreach mar a rinn e ann an Glaschu an oidhche mun do sheòl e, thàinig e dhachaigh is shuidh e air oir na leapa anns an taigh-loidsidh agus smaointich e air an t-suidheachadh san robh e a-nis. Bha sluagh a' bhaile nan èiginn mhòr airson grèim a dhèanamh air deoch, agus bu mhath a bha fios aig Dòmhnall Iain gu robh fortan ri dhèanamh a' riarachadh miann na dibhe. Chan e sin, ach bha deagh fhios aige gur ann gu mì-laghail a rachadh aige air seo a dhèanamh.

Cuideachd, bha urram is spèis is cumhachd aig na gillean airson muinntir a' phathaidh a shàsachadh agus fhaochadh. Bha Dòmhnall Iain agus a leithid nan gaisgich urramach, cudromach anns na cuibhlichean cama a bha a' gluasad a dh'oidhche 's a latha sa bhaile mhòr seo. Bha an cumhachd acasan an lagh a lùbadh, agus cha robh an còrr a dhìth air an fheadhainn a bha ag iarraidh na dibhe. Bha Dòmhnall Iain a' dol a thoirt seirbheis seachad a bha gach urram agus spèis na cois.

Chuir e an uair sin a' cheist air fhèin: an robh e a' dol a dh'fhuireach agus an robh e a' dol a dh'atharrachadh a dhòigh-beatha airson rudan a bha mì-chàileil? Smaointich e air a chàirdean gràdhach modhail fada air falbh ann an Uibhist, air na pearsaichean-eaglais a b' aithne dha, is iad uile an aghaidh na dibhe, is a h-uile peacadh is buaireadh eile air an gabhadh smaointinn. Thuirt e ris fhèin, A bheil thu dol a dh'fhuireach, a Dhòmhnaill Iain, neo a bheil thu a' dol a chur cùlaibh ris a h-uile sìon dòigheil is modhail is ceart is Crìosdail as aithne dhut?

Shuidh e ann an sin leis fhèin mar gum biodh Hamlet a' feuchainn ri tighinn gu co-dhùnadh. Thionndaidh a smaointean gu Peigi. Peigi chaoin, bhlàth, onarach. Chuir a chridhe na caran dheth, is e fhathast is tromghaol aige oirre. Smaointich e, Dè idir a chanadh ise? Chan eil fios agam idir. Chan eil fios aice fhathast gu bheil mi an seo. Sgrìobhaidh mi a dh'aithghearr.

Chùm e air. Tha mi an seo a-nis, agus ma tha mi gu bhith beò ann, feumaidh mi a bhith coltach ris a h-uile duine eile, agus mura bi mi sin, ciamar a bhios mo bheatha? Bithidh gun mòran luach. Is toigh leis a' chuid as motha a bhith air an aon ràmh, a' seòladh air an t-sruth còmhla.

Sin e, agus an uair a tha thu anns an Ròimh, dèan mar a nì na Ròmanaich. Seo a-nis mo chothrom air beairteas a dhèanamh, agus nach ann airson sin a dh'fhàg mi an taigh, airson barrachd cothruim is airson adhartas a dhèanamh. Cha ruig mi a leas guth a ràdh ri Peigi neo ri mo chàirdean is mo luchd-eòlais. Bidh iad moiteil asam fhathast, fuirich thusa – gu dearbh bithidh, a laochain. Dè an cron a tha mi dol a dhèanamh co-dhiù ma tha sluagh na dùthcha ag aideachadh gur e am mì-cheartas is am mì-lagh a tha seo a tha a dhìth orra? Cùm romhad, a Dhòmhnaill Iain, is dèan an rud a tha am freastal riut air an t-slighe a tha thu a' roghnachadh.

Seo mo bheatha agus mo chothrom a-nis.

Caibideil 6

It occurs to Donald John that his family would be very proud of him now, but then he thinks about how he accumulated his wealth. He decides that he has swerved from the moral way of life in which he was brought up. He realises he has forgotten his humble and God-fearing beginnings.

His thoughts return to Peggy, the girl he left behind, and he decides it is time he settled into matrimony.

Bha Dòmhnall Iain a-nis air bhàrr nan stuagh, agus a h-uile ceum a bha e a' gabhail le a bhrogan mòra is a phutain ghleansach ga shìor thogail suas air an stuaigh mhòir chumhachdaich air an robh e. Is iomadh uair a bha e a' faireachdainn gu robh e anns na neòil. Thuirt e ris fhèin gu robh e ann an Nèamh agus faisg air Dia: b' e a thoil-san a bh' ann. Nach iomadh duine a bha ag ùrnaigh airson nan rudan a bha a dhìth orra sa bheatha seo, agus ma bha aon rud a dhìth orra seo, b' e an t-airgead agus an deoch. Ma bha Dòmhnall a' faireachdainn faisg air Dia, bha e cuideachd a' faireachdainn gu math coltach ris. Thuirt e ris fhèin, Nach eil mi cho math ris, a' freagairt ùrnaighean nan truaghan a tha mu chuairt orm.

Na bheachd fhèin – agus b' e beachd chàich a dh'adhbhraich sin, oir bha dreuchd nam putan 's nam brògan air a mhisneachadh – bha a chomasan agus a sgilean a' leudachadh gu mòr. Bha e a' lìonadh na deise mòire a h-uile latha a bha e ga cur uime le urram is spèis is misneachd. Sheasadh e gu h-àrdanach an-dràsta 's a-rithist airson gun toireadh an sluagh an aire cho spaideil 's a bha e, na putain airgid nan sreath ghrìogagach air a bhroilleach agus an ad mhòr a' draghadh a chinn an àird an adhair, uaireannan gu cùl a chinn.

Bha gleans às bho mhullach a chinn gu bonn a bhrògan mòra, a bha air an deagh choimhead às an dèidh leis a' bhleagainn dhubh. B' e icon airgid a bha ann an Dòmhnall Iain a-nis anns a h-uile seagh. Bha airgead geal is eile a' gliongadaich na phòca. B' e seo an dearbh chùis a leudaich a dhealbh am measg uaislean is ìslean a' bhaile seo. Bha e na icon aig an robh teanga airgid cuideachd. Bhiodh e tric a' sodal is a' brosgal ris a h-uile duine, gu seachd àraid ma bha ciofainn a' feitheamh air na lùib. Thuirt e ris fhèin, Duine mòr a th' annamsa: 's e, a ghràidhein. Duine comasach: 's e, a laochain, 'ille.

Leum an stuagh le boc mòr eile, is chaidh Dòmhnall Iain àrdachadh na dhreuchd gu Caiptean. Thog an stuagh chumhachdach a bha a' sguabadh is a' stialladh is a' greimeachadh air a h-uile daoine a bha mu coinneamh e suas leatha deagh cheum an turas seo.

Smaointich e sa mhionaid cho moiteil 's a bhiodh a dhaoine às, agus smaointich e cuideachd gum biodh feadhainn eile ann a chanadh gu robh e mòr às fhèin, làn pròis is àrdain. Nach robh iad mar sin co-dhiù – bha iad ag eudach ma bha duine ann a bha ag atharrachadh a bheatha seach mar a bha iad fhèin, co-dhiù mas ann a' dol suas a bha e. Nan dòigh fhèin bha iadsan air an aon ràmh cuideachd, ceangailte rin cuid chruitean is bhàillidhean is uachdaran is eaglaisean. Bha na slabhraidhean rud beag eadar-dhealaichte, agus bha iad laghail co-dhiù.

Dh'aidich Dòmhnall Iain gu robh e fada na b' fheàrr dheth far an robh e. Dè an fhios neo an tuigse a bh' acasan air an t-saoghal mhòr, sluagh a bha a' fuireach air oir na cruinne nan saoghal beag, teann, cumhang fhèin? Smaointich e mar a bha e air tionndadh bhuapa is air a chùl a chur riutha. Bha esan air atharrachadh agus bha fios aige air a sin.

Agus nach robh gillean nam putan 's nam brògan às na h-Eileanan anns a' bhàta còmhla ris, agus cha chanadh iadsan dad na bu mhò. Cùm an sluagh aineolach is cha chuir e dragh orra.

Co-dhiù, bha a shaoghal-san a-nis toilichte, agus bha e mar uiseag san adhar, a' sìor èirigh is guth binn na chridhe ga mholadh fhèin iomadh uair. Gu dearbh, cha robh e a' dol a dh'atharrachadh dad a-nis, agus gu dearbh fhèin carson a bha? Bha a shaoghal mar bu dual leis agus mar a bha an dàn dha.

Chaidh a stiùireadh an seo leis an Tì a b' àirde: bha fhios aige air. Nuair a bha e ag aideachadh seo ris fhèin, bha e a' faireachdainn fada fichead uair na b' fheàrr. Bha e a' dearbhadh agus a' mionnachadh dha fhèin an-dràsta 's a-rithist nach robh esan a' dèanamh dad ceàrr. Cha robh ceist ga cur air mu dheidhinn a mhoraltachd ach an fheadhainn a chuireadh e air fhèin nuair a bhiodh saighead de ghealt uaireannan ga bhualadh. Cha robh dad a reusan air a bhith bog, balbh, gealtach na chaitheamh-beatha-san. Cha robh, a laochain. Cha dèanadh iad ach d' fhàgail mar gum biodh lèabag bhog, mharbh air sgeir, an tè a chaidh iomrall san t-sruth.

Smaointich e air Peigi is chuir a chridhe cuairt is cearcall eile an uair sin. Aidh, 's e beàrn mhòr a bha seo, agus bha an t-àm aige bean is teaghlach fhaighinn a-nis mar bu chòir is bu dualach, agus mar a gheall e dha fhèin an oidhche a sheòl e mach à Uibhist. Bha miann a chridhe ga ghoirteachadh.

Seo an t-àm, thuirt e ris fhèin. Tha sgillinn neo dhà nam phòca, agus cuiridh mi am faradh gu Peigi air an t-seachdain seo fhèin.

Caibideil 7

Donald John's secretary is infatuated with him and spends a lot of time day-dreaming about marriage. There are religious differences but this does not deter Sinéad in her feelings about Donald John.

She confirms her suspicions that he already has a girlfriend and goes on to censor the correspondence between them. She finds a bounty of cash in the letters which she duly pockets and deposits under the mattress for her own wedding day.

Bha Sinéad a' dèanamh deiseil airson falbh gu a h-obair. Bha i ag èirigh gu sunndach a h-uile madainn, oir bha an obair na bana-chlèireach ann an oifis a' phoilis a' còrdadh rithe uabhasach math.

Fhuair i eòlas air poileasman mòr sgairteil à Alba, agus bha i air nòisean a ghabhail dheth. B' e an aon fhear dha na fir a bhiodh a' bruidhinn rithe. Bhiodh e a' tarraing aiste, uaireannan ann an Gàidhlig. An uair a chanadh Dòmhnall Iain rithe, "An dèan thu seo dhomh, a shùgh mo chridhe?" cho bàidheil is cho brosgalach, cha b' e ruith ach leum le Sinéad.

Nan tigeadh e a-nall agus nan cuireadh e a lamhan mòra làidir tacsail mu guailnean, bha i ann an saoghal eile. Bhiodh a cridhe an uair sin air ghoil, an impis a bhith stad agus a' call buille!

Is iomadh uair a dhùraigeadh i a dhraghadh thuice gu teann agus a phògadh. Dh'fheumadh i an uair sin stad a chur oirre fhèin. Chuimhnich i air a' mhadainn a thàinig e staigh agus a dh'fheuch e ri cròg mhòr gheal a chur suas fon sgiorta aice. Bha e air thuar a drathais a shlaodadh a-nuas! B' fheudar dhi stad a chur air, ach cha do chuir sin stad sam bith air mar a bha i a' faireachdainn, is bha i ag aideachadh gu robh trom-ghaol aice air.

Bha ise na Caitligeach, agus bu mhath a bha fios aice gu robh esan na Phròstanach. Dhèanadh seo aimhreit mhòr sna teaghlaichean aca, ach mo thogair: cha robh sin a' dol a chur bacadh sam bith oirre. 'S e sin nan iarradh e mach i. Thug i uair an uaireadair ga sgioblachadh is ga sgeadachadh is ga pònaigeadh fhèin. Cha robh sannt sam bith aice air bracaist. Bha gaol a' biathadh a bodhaig is a h-inntinn.

Saoil cuin a nì e deit, thuirt i rithe fhèin, saoil an toir e dhomh pòg, saoil am faic mi an-diugh e? Tha mi an làn-dòchas gum faic.

Is i a bha a' faireachdainn math a-nis, is deise dhearg oirre, is brògan, is miotagan, is baga leathair dubh. B' e boireannach beag caol sgiobalta a bh' innte, le gruag ghleansach dhubh air a bobadh, gruaidhean ruiteach le rùis is fùdar is eile agus sùilean priobach donn. Cha robh teagamh nach robh i snasail, is bu mhath a bha fhios aice air a seo nuair a chitheadh i fear a' togail a chinn nuair a thigeadh i staigh dhan tram.

Dh'fhosgail i doras na h-oifis le cinnt agus misneachd agus dòchas na cridhe. Bha rudeigin math a' dol a thachairt an-diugh: bha i ga fhaireachdainn na cnàmhan.

B' e a' chiad rud a rinn i gabhail a-null gu treidheachan litrichean a bha air tighinn leis a' phosta. Laigh a sùil air litir ann an làmh-sgrìobhaidh gu Dòmhnall Iain. Bu mhath a bha fhios aice gur e litir à Uibhist a bha seo. Bha e air a bhith a' feitheamh litir, agus bha deagh amharas aig Sinéad gur ann bho bhoireannach a bha i.

Dh'fhosgail i a baga dubh sa mhionad uarach agus dhinn i an litir gu teann cinnteach na bhroinn. Shealladh i oirre aig an taigh nuair a gheibheadh i fois is ùine. Bha i ceàrr cealgach, agus bu mhath a bha fios aice air. Chailleadh i a h-obair sa bhad nan glacte i.

Mo thogair: bha gaol aicese air Dòmhnall Iain agus cha robh dad a' dol a chur stad oirre. Dh'fhairich i luideach leis an aithreachas airson mionaid neo dhà, ach shìol is leagh sinn air falbh mar bhleideag sneachda. Bha ise a' dol a ghreimeachadh air Dòmhnall Iain a-muigh neo mach.

Sheall i air an uaireadair. Ciamar a bha i a' dol a chur seachad an latha air bhioran gus an litir a leughadh? Gu dearbh, ma bha gaol aice air Dòmhnall Iain, bha gràin mar-thà aice air an tè a sgrìobh an litir. Bha an t-eudach ga gonadh còmhla ris a h-uile rud eile. Ge-tà, bha ise an seo faisg air agus bha an tèile air oir an t-saoghail an àiteigin, agus gu dearbh is ann an sin a bha i a' dol a dh'fhuireach. Dhèanadh Sinéad cinnteach às a sin. Bha a-nis a ceann 's a com air chrith leis na bha de dh'fhaireachdainn a' ruith tro a h-inntinn is tro a feòil: gaol, gràdh, gealt, gràin, eud, dòchas agus misneachd. Bha crith fhuar a' crathadh is a' ruith sìos is suas is a-null is a-nall troimhpe.

Ghreimich i air cùl an t-sèithir far an robh i a' dol a shuidhe fad an latha agus thug i sùil aithghearr air an uair. Bidh e staigh mionaid sam bith, smaointich i, agus feumaidh mi smachd a chumail air mo chuid smaointean.

Mar a thubhairt, b' fhìor. Nochd Dòmhnall Iain a-staigh an doras agus, mar a b' àbhaist, rinn e an dearbh rud a rinn i fhèin agus ghabh e null gu treidhe nan litrichean. Rùilich e troimhpe ann an cabhaig. Cha robh dad an siud ach cnap de litrichean glasa.

Chaith e sìos gu mìchiatach iad agus leig e osna mhòr dhuilich às a chom. Cha tàinig e idir far an robh i an latha sin. Bha e ann an droch thriom agus uallach is cabhag air faighinn gu obair.

Cha robh ise a' dol a dh'fhuireach a-nis. Dh'inns an osna mhòr thùrsach a bha siud gu leòr dhi. Carson a bha i a' dol a dh'fhuireach fad an latha? Carson a bha ise a' dol a dh'fhulang, gu dearbh, agus a' dol a chur a h-inntinn troimh-a-chèile? Bha i a' dol a dhearbhadh dhi fhèin gu robh i ceart.

Nuair a bha a h-uile sìon samhach is air sìoladh sìos, dh'fhalbh Sinéad gu bragail cinnteach dhan taigh-bheag. Ghlas i an doras gu teann daingeann agus sheas i ann an sin fon uinneig ann an solas geal an latha. Dhragh i a-mach an litir à bonn a baga agus stiall is shrac is shròic i às a chèile an cobhar. Bha an làmh-sgrìobhaidh eireachdail a-nis na shiobhagan is na ribeagan.

Mun do thòisich i air a leughadh ceart, sheall i aig bonn na dara duilleig:

Le gaol is spèis,
Peigi

Leugh i an uair sin a h-uile facal, na faclan nach robh i airson a chluinntinn:

Tha gaol mo chridhe agam ort agus chan urrainn dhomh feitheamh gu faigh mi a-null còmhla riut. Tha mi a' sàbhaladh a h-uile sgillinn a tha thu a' cur thugam, agus nuair a gheibh mi beagan eile còmhla, bidh mi air mo rathad.

Caibideil 8

Donald John invests in a boat for further illegal drink trading. It is the custom to collect crates of drink from the liners that are ferrying the liquid gold to other areas of the world. The smaller boats bring their bounty back to the city and sell it in the speakeasies.

There is a murder when a young, raw police recruit catches Donald John with illegal booty. Donald John captures the loot and does not hesitate to use his pistol.

Later on that evening he goes to the speakeasy to ease his conscience and indulge himself in drink and prostitution.

Cheannaich Dòmhnall Iain bàta, agus air a h-uile deireadh-seachdain, air oidhche Haoine mar bu trice, bha e fhèin agus Eàirdsidh à Dalabrog agus Ailean Sheumais à Beinn na Fadhla a' feuchainn a-mach dhan bhàgh leatha ann an ciaradh an fheasgair.

Ma bha sgillinn airgid idir a chòrr agad aig an àm ud, bha thu a' ceannach bàta. Bha malairt mhòr ri dèanamh ann an obair na dibhe ma bha bàta agad. Bha na bàtaichean mòra a cur a-mach an acairean sa bhàgh. Bha iadsan a' siubhal feadh an t-saoghail le cargo de dheoch, ruma à Siameuca gu h-àraid. Cha robh casg air an deoch ann an àiteachan eile mar a bha sna Stàitean.

Cha robh fhios nach robh reubairean air na bàtaichean seo cuideachd, agus ma bha sgillinn ri dèanamh, bha iad deiseil is deònach, agus bha gillean nam putan air an taobh eile a cheart cho deònach am bargan a dhèanamh. Gu dearbh, bha iad air am bruthadh bho gach taobh airson a' mhalairt a dhèanamh. Bha iomadh beul is teanga thioram a' feitheamh orra.

Cha robh dad às ùr a thaobh malairt na dibhe. Nach do thòisich Clann Aonghais air goid na branndaidh a bha iad a' tarraing eadar an Fhraing is an t-Eilean Sgitheanach? Chuir an Dòmhnallach earbsa annta seo a dhèanamh bhon a bha iad nan deagh mharaichean. Mar a dh'èirich do dh'iomadh daoine aig an robh obair chruaidh chunnartach, cha robh mòran aca air a son. A-rithist, cha chuireadh tu coire orra ged a thòisicheadh iad ri malairt dhaib' fhèin. Nach robh an Dòmhnallach mòr a' lìonadh a bhroinne le biadh is deoch am pailteas? Bha esan coma cò air a bha acras neo pathadh agus cò a bha a' fulang cruadail air a shon cho fad' 's a bha ceann reamhar na maraig aige fhèin.

Ràinig Dòmhnall Iain agus na gillean am bàta co-dhiù, agus rinn e fhèin a' mhalairt gu math sgiobalta. Cha deach facal a ràdh a-null neo nall cho fad' 's a shlaod iad dusan bogsa a-mach às a' bhàta agus a chuir iad gu cùramach iad an deireadh a' bhàta aca fhèin. Shìn Dòmhnall Iain dhan an fhear air bòrd crùgan notaichean a bha e air a dhraghadh a-mach às a phòca tòine.

Nuair a ruigeadh iad tìr, bha dusan duine eile a' feitheamh orra. Bha iad sin an uair sin a' pàigheadh a thrì uiread air gach bogsa, agus bha Dòmhnall Iain a' cumail a' chinn thiugh dhan mharaig seo dha fhèin. B' ann leis-san a bha am bàta, agus cuideachd b' esan an sgiobair mara a bharrachd air a bhith na sgiobair poilis.

Cha b' ann idir gun chunnart a bha na turasan mara seo. Bha daoine nan èideadh àbhaisteach mar bu trice. B' e poileasmain a bh' ann an cuid mhath dhiubh. Bha aimhreitean a' dol cuideachd a thaobh cò na bàtaichean a gheibheadh a-staigh an toiseach. Bha iadsan a' faighinn prìs na b' fheàrr. Bha na prìsean ag atharrachadh a rèir dè cho sgiobalta 's a bha thu. Bha na boiteagan a b' fhiach a' dol chon na feadhainn a bha air thoiseach. Cha b' e ruith ach leum airson do chuid a ghleidheadh.

Oidhche dha na h-oidhcheannan cò thachair orra air an
t-slighe air ais ach am poileas. Chuireadh stad air a' bhàta. Leum am poileas air bòrd agus lorg iad na bogsaichean. Sheall poileasman òg à Èirinn air Dòmhnall Iain agus dh'òrdaich e na bogsaichean a luchdachadh dhan bhàta aigesan. Bu mhath a bha fios aig Dòmhnall Iain gu robh e ùr sa ghnothach agus, bha e cinnteach, an sàs anns an aon mhalairt ris fhèin. Ann an diog thug Dòmhnall Iain a-mach an daga agus spad e am poileasman òg far an robh e. Chaith na gillean eile a-mach air a' mhuir e is cha robh an còrr mu dheidhinn. Tha gach sìon reusanta ann an cogadh is ann an gaol, agus chan eil onair am measg mhèirleach.

Aig deireadh na h-oidhche, nuair a fhuair iad an fheadhainn a bha a' feitheamh orra a riarachadh, chaidh Dòmhnall Iain air ais dhan taigh-loidsidh. Cha b' fhada gus an do thill e mach air a chruaidh-dhreasaigeadh, agus dh'fhalbh e le roid sìos dhan speakeasy a b' fhaisge air.

B' e àitichean ainmeil a bha seo ann an New York aig an àm ud. Bha na mìltean dhiubh air feadh a' bhaile - deich air fhichead mìle. B' ann an seo a thòisich a h-uile gnìomh mì-laghail. Chaidh na taighean-seinnse a dhùnadh leis an lagh, agus dh'fhosgail iad seo gu mì-laghail nan àite. Seo far am biodh gach reubair is robair is moonshiner is bootlegger is poileasman is fear-lagha, is a h-uile seòrsa eile fon ghrèin a bha a' dèanamh airgid air an deoch gu mì-laghail, a' tachairt. Bha deoch ga reic is ga ceannach; bha agus gunnaichean, bàtaichean, làraidhean is càraichean is siùrsaichean. Ghabhadh gach cron is foill faighinn an seo. Bha daoine a' sodal is a' brosgal ri chèile, cuid ri ùpraid is sabaid is trod gu math tric.

Bha Dòmhnall Iain gu math eòlach a-staigh an seo. Bhiodh e a' reic ri luchd-dibhe gu math tric air oidhche Haoine. Bha fear an speakeasy a' dèanamh beairteas mòr às a' ghnothach cuideachd. Mar bu trice b' e sluagh bochd a bha a' tadhal an seo, agus gillean nam putan 's nam brògan, uaireannan leis an deise is uaireannan eile – mar a bha a-nochd fhèin – às a h-aonais.

Bha boireannaich a-nis air tòiseacheadh ri òl, is bha siùrsachd is eile a' dol air adhart anns na speakeasies cuideachd. B' e na Roaring Twenties a bh' ann. Bha iad coma co-aca. Gheàrr iad an gruag na bob le logaidh ghoirid agus chuir iad orra dreasaichean beaga goirid. Thruis is roilig iad sìos an stocainnean mun adhbrann, is còmhla ris a sin bha ròpa fada de phaidirean mun amhaich agus an aodainn air am peantadh le fùdar is rùis. Bha iad an uair sin a' dannsa 's a' crathadh an lurgainnean rùisgte dhan adhar, is an ròpa fada a bha seo mar gum biodh iad a dh'aon ghnothach airson fear a chur air teadhair. B' e seo na flapper girls a bhiodh a' dannsa an Charleston.

B' e gnothach mìchiatach buileach a bh' ann dhan Eaglais gun do gheàrr na boireannaich an gruag, gu robh iad a' dol an lùib nam fear leth-rùisgte, ag òl còmhla riutha is gam buaireadh is gan caitheamh fhèin orra – gnothach nàr, gu dearbh.

Bha Dòmhnall Iain toilichte gu leòr am measg na h-ùpraid is a' chèabhair a bh' ann. Bha e coma ged a bhiodh an t-àite dorcha dùmhail is ceò an tombaca na phlangaid ghlas mun cuairt air. Bha fuaim is ùpraid gu leòr ann, le daoine a' seinn is a' cluich ciùil agus crùgan de dhaoine a' trod ann an oisean – mu phrìs na dibhe, bha e creidsinn.

A-nochd bha Dòmhnall Iain airson nach gabhadh duine gnothach ris agus gum biodh e leis fhèin, gun duine ga aithneachadh. Chuir e glainne mhòr ruma air a' bhòrd dha fhèin is las e cheroot. Thòisich e air smaointinn air an rud bhorb a thachair na bu tràithe. Thuirt e ris fhèin, Thalla, nì an deoch feum dhomh, agus gabhaidh mi tè neo dhà eile cho luath 's as urrainn dhomh, agus cha bhi mi fada ga dhìochuimhneachadh.

Sheall e a-null air na flappers agus dh'fhairich e aonranach. Cha d' fhuair e facal bho Pheigi air an t-seachdain seo mar a bha dùil aige. Bha miann boireannaich air a bhualadh. Is ann a bha e a' faireachdainn car diombach à Peigi: a-nochd seach oidhche sam bith, bha feum aige air blàths boireannaich. Cha b' fheàirrde e an fheadhainn a bha a' caitheamh an lurgainnean rùisgte dhan adhar mu choinneamh agus an ròpa fada a bha seo ga bhuaireadh, mar gum biodh nathair a' cur nan car dhith is ga dhraghadh gu a h-uchd. B' iad a bha aighearach, sunndach, subailte. Bheireadh iad greis a' dannsa agus an uair sin greis ag òl.

Dh'fhairich e rudeigin a' suathadh ann. Sheall e, agus bha tè dhiubh air a sliasaid rùisgte a shlìobadh gu blàth ri thaobh. Feumaidh gun cuala Rìgh nam Feart a smaointean.

Leum e air a chasan agus lean e chon a' bhàr i an lùib na toit a bh' ann. Cheannaich e dram mhòr ruma dhi. Shluig e fhèin tèile fhad 's a bha e aige. Cha b' fhada gus an robh an dithis aca am meadhan an ùrlair. Las sradag mhòr theth eatarra, mar gum biodh lasan dealain a' sguabadh tromhpa. Bha iad a' dannsa glaiste ann an gàirdeanan a chèile, a' sliopadh is a' pògadh is ag imlich.

Cha dèanadh seo an gnothach. Bha teas an àite is teas an dealain a bha seo ga bhuaireadh. Bha Dòmhnall Iain an impis a dhol cracte. Bha e mar gum biodh e a' goil, an teine dearg a' ruith troimhe. Shlaod e mach air làimh i chon na sràid is thug e flasg beag airgid às a phòca tòine, agus ghabh iad slugan math dheth. Shlaod e an uair sin a-mach crùgan math dholairean à pòca broillich na peiteig is thug e sin dhi.

Ma thug, cha b' fhada gus an robh an dithis aca sìnte sìos, ise ga shlaodadh gu talamh. Thug iad greiseag a' fuine is a' fùcadh is a' sliopadh a chèile. Ann an dorchadas na h-oidhche, cha chluinnte ach bùirean tairbh an seo, gnòsad muice an siud agus sitrich eich an seo. Loisg e an gath dealain; chaidh an teine is an teas às. Dh'èirich ise is chrath i i fhèin is dh'fheuch i a-staigh dhan speakeasy a-rithist gun ghuth mòr neo droch fhacal, is dh'fhàg i Dòmhnall Iain an siud.

Caibideil 9

The following morning Donald further eases his conscience by putting 200 dollars in an envelope for his Uist sweetheart, money for her passage to join him. He then attends a busy day at Court. Meanwhile, Sinéad seizes the letter and its contents.

An ath mhadainn bha an t-aithreachas ga leòn is ga bhruthadh is ga bhìdeadh. Bha e a' faireachdainn mar chuideigin a bha tòrr fhrìneachan air am putadh na bhodhaig. Bha a cheann goirt agus e mar mhathan mòr a bh' air tilleadh às a' choille an dèidh a bhith sabaid.

Dh'fhosgail e an deasg agus chunntais e mach dà cheud dolair airson an cur gu Peigi, is e a' brunndail fo anail. "Tha an t-àm agamsa Peigi a thoirt an seo, agus mura tig i an turas seo, gheibh mi boireannach eile. Tha mi feumach air boireannach a nì beagan ceannsachaidh orm."

Bha a' ghealt ga dhalladh, is crith na làimh, ach rinn e

an gnothach air sgròbadh air duilleag bheag:

Thig a-nis.
Dòmhnall Iain

Bha e a' sìor bhrunndail ris fhèin. "Thug mi clabag mhath dhan bhan-Diabhal ud a-raoir cuideachd. Chan eil mi idir gus a bhith nam ghloidhc, a' caitheamh airgid air boireannach mar a tha ise, ach thalla thusa: bha mi feumach air. Rinn i airgead orm: bu mhath a bha fios aice gu robh sgillinn neo dhà nam phòca, ach co-dhiù tha fhios gu robh an dìol-deirce feumach air a cuid fhèin. Rinn mi feum dhith agus nì mi rithist cuideachd e ma dh'fheumas mi – tha sin gu 'n tig Peigi.

"Cha do rinn mi cron sam bith agus cha robh innte ach an t-siùrsach. Bidh i a' dèanamh fortan air mo leithid, ach mura biodh mar a rinn mi na bu tràithe dhan fheasgar agus mar a bha mi a' faireachdainn, cha bhithinn air a dhol na còir."

Sheas e suas gu dìreach, a' caitheamh air falbh smaointean gràineil na h-oidhche raoir. Thuirt e ris fhèin, 'S e a tha annamsa ach duine spaideil, agus gheibhinn boireannach sam bith aig àm sam bith, airgead ann neo às. Dhragh e e fhèin is an ad is a shreath phutan cho àrd 's a b' urrainn dha.

Chaith e litir Peigi air bàrr crùgain a bha a' feitheamh ri dhol a-mach. Cò a nochd a-staigh ach Sinéad. Thug e deagh shùil air Sinéad. Dè chunnaic e ach mac-samhail a' bhoireannaich a chunnaic e a-raoir: flapper, am bob, an dreasa goirid, am paidirean.

Bha e a' faireachdainn na b' fheàrr a-nis. B' e boireannach cothromach, cinnteach a bha ann an Sinéad. Bha i a h-uile latha ga fhrithealadh gu dìleas. Bha earbsa aig innte an obair a dhèanamh mar a bha e ag iarraidh. A bharrachd air a sin, bha èibhleag bhlàth eatarra, agus bu mhath a bha fios aige air a sin. Bha iad le chèile a' feitheamh an latha a spreaghadh an èibhleag na teine teth – ise gu h-àraid.

Leis na smaointean seo, ghabh Dòmhnall Iain a-mach an doras, a' dèanamh leisgeul cho trang 's a bhiodh a' Chùirt an-diugh.

Cha b' ann gun fhiosta do Shinéad a chaith e an litir an siud. Rinn i cinnteach gun deach uair an uaireadair seachad, an t-àm a bha a' Chùirt a' fosgladh, air eagal is gun tilleadh e. Sheall i a-null air a fiaradh feuch an dèanadh i a-mach an sgrìobhadh. Cha dèanadh. Dh'fheumadh i fuireach, is cha robh sin furasta.

Chual' i cloc a' bhaile a' bualadh deich uairean is ghabh i a-null far an robh an treidhe. Thog i an litir mhòr gheal a bha air mullach a' chnap litrichean, an dearbh thè a dh'fhàg làmh Dhòmhnall Iain. Dh'fhosgail i am baga dubh agus dhinn i an litir sìos na bhroinn. Bha Sinéad eòlach gu leòr air a' ghnothach a-nis, agus bha i a' toirt leatha a h-uile litir a bha falbh eadar Peigi is Dòmhnall Iain.

Nì mise cinnteach, smaointich i, nach tig i siud gu bràth. *Mise* a tha dol a dh'fhaighinn grèim air. *Mise* an aon tè a nì sin – fuirich thusa. Bheir e ùine, *ach gheibh mise e.*

Shuidh i ann an sin mar gum biodh cearc-ghuir air uighean, i dìreach air bhioran gus an tigeadh am posta is gum falmhaicheadh e an treidhe. Chaidh an còrr dhan
latha seachad mar a b' àbhaist, is i a' feitheamh air Dòmhnall Iain tilleadh.

Cha deach i an còir na litreach. Bha i airson a bhith ann an deagh thriom nuair a thilleadh esan às a' chùirt. Shaoil i gu robh e ann an droch shunnd an-diugh, oir bha rudeigin mu dheidhinn – coltas sgìth is searbh air. Cha tuirt e dad rithe. Bha e gu math prìobhaideach dheth fhèin san dòigh sin.

Rinn Sinéad a h-obair gu rèidh cunbhalach cothromach mar a bha i a' dèanamh a h-uile latha. Bha i faiceallach nach cuireadh i dragh sam bith airesan is nach cuireadh esan coire oirrese. Nach do thagh e ise os cionn chàich airson a bhith na ban-chlèireach dha. Bha saorsa aice a bhith leatha fhèin gus coimhead ris na litrichean. Is i a bha fortanach, oir bha i a-nis ga fhaicinn gu math na bu trice bhon a fhuair e àrdachadh na obair gu Caiptean.

Shuidh Sinéad an sin ag aisling air an latha a bha e a' dol ga h-iarraidh. An latha a bha iad a' dol a phòsadh, is an latha a bhiodh teaghlach aca. Cuideachd, bha deagh fhios aice gu robh e math dheth. Cha bhi dad idir a dhìth oirnn, thuirt i rithe fhèin. Nì mise cinnteach às a sin. B' e an aon lot agus sgleò a bha air an adhar bhrèagha aice an *creideamh*. Thuirt i rithe fhèin, Gheibh iad seachad air – feumaidh iad.

An oidhche sin nuair a chaidh i dhachaigh, ghlas i i fhèin san taigh-nighe. Sgreub i agus reub i an cobhar às a chèile. Cha b' e litir a bh' ann ach sgrìobag bheag loireach, ach bha rud na b' fheàrr ann: bha dòrlach mòr airgid ann. Las a sùilean agus a cridhe còmhla ris a sin. Chunntais i mach na dolairean gu cinnteach. *Dà cheud dolair!* Cha robh a leithid riamh na dòrn. Rinn i comharra na croise sa mhionaid air a bathais agus thill i na dolairean gu bonn a' bhaga.

Thuirt i rithe fhèin, Chan fhaigh *ise* gu bràth sìorraidh iad, agus a bharrachd air a sin cha tig i. Bidh iad gu math feumail nuair a phòsas mi, agus gleidhidh mi a h-uile gin dhiubh.

Dh'fhuaigheil i ann am pìos anairt iad an oidhche sin nuair a chaidh i dhan leabaidh, is chuir i an t-anart fon bhobhstair.

Caibideil 10

Curly Ben and Captain Moon are being tried for transporting illicit drink. Their vehicles crash and Donald John is sent to the scene of the accident. He enjoys a day at Phantom Lake where the villagers are helping themselves in a Whisky Galore *scenario and police are not allowed to intervene.*

Donald John returns to the office, resigned to the belief that Peggy is not going to respond to his letters. He makes a date with Sinéad to meet him at the famous speakeasy, the 21. This is the moment she has been waiting for.

B' e latha fada doirbh a bh' aig Dòmhnall Iain sa Chùirt. Bha a' Chùirt trang daonnan agus bha i dìreach gu spreaghadh a h-uile turas le daoine fo chasaid a bhith malairt san deoch-làidir. Ma bha an Achd a' ciallachadh stad a chur air an deoch, cha b' ann mar sin a bha. Bha gnothaichean air a dhol bhuaithe buileach glan.

Bha a h-uile duine a bh' ann ciontach – a' chuid bu mhotha co-dhiù. Na daoine a bha air tilleadh às a' Chogadh, bha na h-obraichean acasan dùinte. Cha robh aca fhèin ach tòiseachadh ri grùdaireachd is gnothaichean malairt mì-laghail. Bhuail am Prohibition air beatha sluagh Ameireagaidh gu lèir aig an àm seo. Bha an sluagh a bha a' fuireach anns na Stàitean air an dùthaich trang a' dèanamh a h-uile seòrsa dibhe is ga toirt a-staigh gu New York dha na saloons is na speakeasies.

Bha a h-uile sìon mì-chiatach is mì-rianail. Bha an siorram is am britheamh is am poileas a cheart cho ciontach ris an fheadhainn a bha nan seasamh am bogsa nam mionnan. Cha robh rian neo riaghailt ann.

An latha a bha seo, co-dhiù, bha an gnothach dona buileach. Bha tubaist mhòr an dèidh a bhith air an rathad an oidhche roimhe sin. Bha dà dhràibhear le dà làraidh agus ceithir dusan bogsa uisge-bheatha an urra (moonshine is poitìn) air an rathad à Meagsago gu New York. Bha an dithis reubairean seo ainmeil: Curly Ben agus Captain Moon. Mar a tha a h-uile mèirleach, bha Captain Moon airson an gnothach a dhèanamh air Curly Ben. Bha rèis ann feuch cò a gheibheadh gu New York an toiseach leis an luchd aig àm-fosglaidh nan speakeasies. Dìreach mar a bha an fheadhainn aig an robh na bàtaichean, bha an fheadhainn a ruigeadh an toiseach a' faighinn na prìs a b' fheàrr.

Lùb Curly Ben a-staigh aig speakeasy air an rathad agus dh'fhàg e bogsa neo dhà an sin. Bha cabhag mhòr air a' dol a-mach air an rathad mhòr, agus ma bha, bha a cheart uiread cabhaig air Captain Moon air a chùlaibh, is esan a' smaointinn gun dèanadh e an gnothach air an triop seo. Ach dè thachair ach gun do ghabh Captain Moon a-staigh a dheireadh na làraidh aig Curly Ben. Bha iad glaiste ann an sin agus cha b' urrainn dhaibh gluasad.

B' e seo an dearbh dhithis a bha sa Chùirt an-diugh. Bhiodh iad ann fad an latha, neo co-dhiù gus an rachadh am fiosrachadh mu sgaoil càit an robh na botail òir nan laighe. Bhiodh rèis eile ann an uair sin faighinn dhan àite. Bha cograich a' dol sa Chùirt, is thog duine neo dhà orra a-mach. Fhuair feadhainn eile òrdan falbh agus an deoch a shàbhaladh, *agus* duine sam bith a bha ga goid a chur an grèim.

Bha Dòmhnall Iain agus a chompanach Eàirdsidh gu math tràth air an rathad. Dìreach nuair a bha iad a' dlùthachadh ri Fort Phantom Lake, faisg air coille far an robh an tubaist, thachair càr orra –'27 Pontiac – agus gille òg aois seachd bliadhna deug na sheasamh ri thaobh agus daga suas na làimh. Bha esan a' geàrd an luchd phrìseil a bha seo. Bha an uair sin dithis òg eile ann an '34 Ford air a chùlaibh, iad mu chòig bliadhna deug is raidhfil an urra aca, agus iadsan cuideachd air gheàrd.

Thuirt Dòmhnall Iain is Eàirdsidh riutha fuireach ann an sin agus gun duine eile a leigeil seachad gus an cuireadh iadsan gnothaichean air dòigh. Shìn Dòmhnall Iain dhaibh làn an dùirn an duine de dholairean. Chumadh sin sàmhach iad.

Abair sealladh air muinntir Fort Phantom. Bha iad air cruinneachadh mar na fithich is na feannagan is na meanbhchuileagan. Bha sluagh a' bhaile uile ann an seo. Bha daoine a' slaodadh bhogsaichean air am muin, bha feadhainn a' luchdachadh chairtean, bha gillean òga a' stobadh bhotal nam briogaisean is nan seacaidean agus cailleachan a' stobadh bhotal nan aparain. Bha boireannaich òga a' lìonadh nam pramaichean agus gan cur aig casan a' phàiste. Bha feadhainn eile le poitean is panaichean is bucaidean is botail-theth chreadha is crogain-shilidh: rud sam bith a ghabhadh lìonadh, bha e air a lìonadh. Bha iad ann an sin cho trang ris na seangain.

Cha robh mòran ann a b' urrainn dha fhèin is do dh'Eàirdsidh a dhèanamh. Bha càch air a' chuid bu mhotha dhan deoch a riarachadh a-mach. Bu mhath a bha fios aca gu robh gunna am pòcaid gach fir agus nach biodh iad fada a' spadadh an dithis aca nan canadh iad dad. Co-dhiù, bha am poileas a' dèanamh spòrs dhan chùis. Bha cailleachan ag innse dhaibh gu robh iad feumach air mar bhurgaid, airson cinn ghoirt, airson an dèididh, am fuachd, tinneas-inntinn, is gach galair air an smaointicheadh tu. Cuideachd, na cumaidhean a bh' air na daoine, air an lùbadh le croit a' feuchainn ris na b' urrainn dhaibh a ghiùlan, feadhainn is am brù air spreaghadh, is feadhainn eile is cnapan mòra air am broillich agus feadhainn is ultaich fon achlaisean, cnapan air tighinn orra ann an àitichean neònach dham bodhaig. Bha Dòmhnall Iain a' smaointinn air bràthair a mhàthar a' toirt dheth na feusaig ann an Glaschu. B' e show a bha seo ceart gu leòr.

Thàinig tuilleadh fheannagan, muinntir nam putan 's nam brògan, ach cha deach iad seachad air na balaich òga. Cha robh dad air fhàgail co-dhiù. Smaointich Dòmhnall Iain gum faighneachdadh e dha na gillean òga cò às a thàinig am poitìn. Bha iad deònach gu leòr innse airson sùim airgid. Chaidh sin a thoirt dhaibh sa mhionaid, agus stiùir iad suas dhan choille iad. Chunnaic Dòmhnall Iain agus Eàirdsidh poit mhòr stail an sin, tè àibheiseach a bhruicheadh trì mairt.
Chosg Dòmhnall Iain dolair neo dhà an là ud air na geàird òga. Cha d' fhuair e fhèin neo Eàirdsidh aon drudhag uisge-bheatha, ach fhuair iad deagh fhiosrachadh air càit am faigheadh iad bogsa neo dhà neo trì dhan stuth làidir nuair a bhiodh e a dhìth orra.

Dhràibh Eàirdsidh air ais an oidhche sin agus shuidh Dòmhnall Iain gu balbh fad an rathaid le chuid smaointean. Smaointich e air a dhaoine ann an Uibhist ag obair gu cruaidh, a' dol dhan eaglais gu diadhaidh. Smaointich e air Peigi. Cha d' fhuair e sgrìob dhan

pheann bhuaipe airson mhìosan. Tha mi, smaoinich e, air cothrom gu leòr a thoirt dhi a-nis, airgead gu leòr cuideachd. Chan eil mi ga thuigsinn idir. Feumaidh gun
d' fhuair i fear eile. Cha bhi i airson innse dhomh. Sin an rud a th' ann. Ma fhuair, feumaidh mise mo bheatha fhìn a chur air dòigh. Math dh'fhaodte gu bheil e cho math. Cha chòrdadh an t-àite seo idir, idir ri Peigi – boireannach cho caomh diadhaidh rithe. Cha bhiodh e onarach dhòmhsa an còrr bruthaidh a dhèanamh oirre. Tha mi air sgaradh bho mo dhaoine fhìn cuideachd. Chan e an aon duine a th' annam a-nis. Tha mi soirbheachail is beairteach ann an dòigh nach còrdadh riutha. Dè 'm math a tha sin? Tha bean a dhìth orm agus tha mise a' dol a chumail orm mar a tha mi agus a' dol a dh'iarraidh tè. Tha mi deiseil air a son.

Leis a sin, stad Eàirdsidh aig an oifis. Ghabh Dòmhnall Iain a-staigh far an robh Sinéad air ghurraban. Chuir e làmh mhòr thacsail mu chuairt air a meadhan agus thuirt e, "Coinnich rium a-nochd aig an 21 Club aig leth-uair an dèidh a seachd." Sheòl e mach an doras, a cheann san adhar mar gum biodh bàta-siùil mòr air a turas gu rèidh cinnteach.

Thàinig an latha mòr aig Sinéad mu dheireadh thall.

Caibideil 11

This chapter paints the picture of a young woman in love and realising her dream.

Sinéad's heart beats and excitement pulses through her body as she decides on the evening's outfit. Her sensuous thoughts run ahead of her as she makes her choice.

Momentarily she reflects on the other woman's letters but soon abandons her feelings of guilt. Her poise and confidence is like that of a ballerina about to step on the stage, a butterfly about to rest on a flower, a fragrant rose in full bloom or a beautiful swan ready to rear her young.

The evening is complete when Donald John proposes marriage.

Cha b' e ruith ach leum aig Sinéad. Cha robh aice ach uair airson faighinn deiseil. Bha i an impis a dhol na boil, ach chaidh aice air an deasg a sgioblachadh, an doras a ghlasadh agus a-mach leatha mar ghath dealain. Ruith i dhachaigh, a cridhe a' bualadh bhuillean troma leis a h-uile ceum. Bha brag anns a h-uile ceum a bha i a' gabhail, brag cruaidh sàilean a brògan is brag cruaidh a cridhe a' cumail tacsa is fonn ri chèile.

Bha i a' faireachdainn na fala a' teasachadh na com agus ag èirigh troimhpe mar phoit a tòiseachadh ri goil. An-dràsta 's a-rithist bha aice ri stad agus am fallas a shuathadh far a gruaidhean le caol a dùirn.

Fad na h-ùine a bha i a' ruith, bha na smaointean a bha na h-inntinn a' ruith a cheart cho luath. An e seo e? Am bi mise nam leannan aige a-nis? Am bi clann againn, agus cuin? Gu dearbh, ma bha a cridhe is a casan a' falbh luath, is ann a bha a' falbh luath ach a h-eanchainn is a mac-meanmna. Bha a casan air an rathad chòmhnard chruaidh, ach bha a ceann san adhar, sna neòil, a h-uile teagamh is mì-chinnt air an caitheamh dhan iarmailt, is i a' seòladh mar fhaoileig bhàin air an sgèith, a' dìreadh suas is sìos leis a h-uile brag is buille.

Thuiteadh a smaointean gu làr an-dràsta 's a-rithist nuair a chuimhnicheadh i cia mheud litir is dolair a stob i na baga. Ach thuirt i rithe fhèin, Dè an diofar: tha a h-uile sìon cothromach is onarach ann an gaol. Is gann gun urrainn dhòmhsa fuireach gus am pòg e ceart mi, agus tha mi an dòchas gu bheil e fìor an turas seo. Bhithinn uaireannan a' smaointinn gur ann a' tarraing asam a bha e nuair a chuireadh e pòg bheag air mo bhus mar ite bheag bhlàth gam shuathadh. *Ach chan ann.* Tha fios agam fhìn gle mhath gu bheil èibhleag theth eadarainn. Tha i air a bhith na laighe nam uchd mar ugh blàth circe gu spreaghadh. Is ann nas teotha a bhios an èibhleag a' fàs, air mo mhionnan.

Ràinig i an taigh mu dheireadh thall, is a-staigh dhan t-seòmar-cadail sa mhionaid uarach. Thuige seo cha do smaointich i dè an t-aodach a bha i a' dol a chur oirre. *A-nis, b' e seo an oidhche,* agus dh'fheumadh i a h-uile sìon a bu leòmaiche is a b' fhasanta is a bu bhrèagha a chur oirre. Cha dèanadh an còrr an gnothach. Cha robh dad idir a' dol a chur bacadh oirre a-nis; gu dearbh fhèin, cha robh.

Dh'fhosgail i a' wardrobe is a h-ìnean a' greimeachadh gu cruaidh air iuchair an dorais. Chaith i an toiseach dreas neo dhà air an leabaidh. Cha dèan. Tha e ro mhòr. Agus an ath fhear, tha e ro bheag, an ath fhear, tha e ro dhorcha, agus tha e ro theann. Ruith i a-null dhan wardrobe a-rithist is sheall i tro na blobhsaichean. Laigh a làmh air fear geal chiffon sìoda. Chaith i dhith an geansaidh is bhuail i oirre e.

Bha e a' faireachdainn cho mìn, cho bog is cho brèagha faisg air a craiceann. Chuimhnich e dhi an ite bheag gheal – pòg Dhòmhnaill Iain. Bha a broilleach mìn-gheal dìreach a' nochdadh a-mach às air èiginn. *Sin e!* Tha mi a' faireachdainn a chorragan mìne air mo bhroilleach a' suathadh ite eile. Dhiogail an smaoint seo a cridhe is ruith saighead troimhpe.

A-nis an sgiorta. Laigh a sùil air tè ghoirid dhearg agus dhragh i a-mach anns a' mhionaid i. B' e sìoda a bha seo cuideachd, is chaith i oirre gun dàil i. Dh'fhairich i an sìoda a' slìobadh a sliasaidean rùisgte agus corragan geala Dhòmhnaill Iain a-rithist: tuilleadh itean. Is ann a bha i a' faireachdainn a-nis mar eala bhàn air an t-snàmh. Cha chuireadh i stad sam bith air an turas seo. Bha na flapaichean a bha seo nan earbaill fhada fhosgailte a' tuiteam sìos mu a lurgainn. Dhèanadh seo gnothaichean na b' fhasa dha. Bhuail i an uair sin oirre brògan beaga aotrom-dhearg.

Ruith i a-null chon an dressing-table is chuir i oirre ròpa fada de neamhnaidean mu broilleach, is bann beag meileabhaid dhonn a rèir dath a sùilean air a bathais, fùdar is rùis is an lipstick, is bha i deiseil.

Sheas i an uair sin mu choinneamh an sgàthain agus chunnaic i mòran ìomhaighean: ballerina deiseil airson an àrd-ùrlair; dealan-dè neoichiontach deiseil airson suidhe air flùr; sìdhiche sìtheil a bha a' dol a chur geas agus miann a rùin air; ròs brèagha cùbhraidh deiseil airson a bhuain; agus eala bhòidheach bhàn deiseil airson a h-àl a thogail.

Dh'fheumadh i aideachadh gu robh i àlainn, eireachdail, agus cha do dh'fhairich i riamh cho brèagha, ach b' e an gaol a bha a' lasadh a sùilean a bha a' toirt oirre deàrrsadh mar rionnaig bhrèagha gheal sna speuran air oidhche reòthta ghealaich. Bha ise gu bhith na rionnaig-iùil dhàsan a-nis. Ise a bha a' dol a stiùireadh a chùrsa a-nis, a thaobh bhoireannach co-dhiù.

Ann an deich mionaidean eile ghabh i mach an doras gu stràiceil, rìoghail agus a ceann san adhar. Sguabadh i rud sam bith às an rathad oirre a-nis.

Cho math ri fhacal, bha Dòmhnall Iain na sheasamh aig doras an 21 Club. Dh'fhosgail an dà shùil a bha na cheann cho farsaing 's a ghabhadh iad fosgladh, agus reoth iad ann an sin mar dà shùil ghlainne. Thuirt e rithe, "A Shinéad, a m' eudail, is tu mo bhana-phrionnsa!" is e ga draghadh gu socair laghach gu uchd. Thog e an uair sin air a ghàirdean i is choisich iad ceum neo dhà an solas na gealaich mun deach iad a-staigh. Bha e fhèin gu math spaideil a-nochd, le deise bhàn lìn, lèine dhubh shìoda, bow-tie spotach dubh, nèapraig dearg sìoda, agus sombrero mhòr air. Cha robh dithis am baile mòr New York cho toilichte is cho spaideil riutha.

Sin an oidhche a thug iad seachad geallaidhean a' phòsaidh am measg ceò is toit is fallas is teas an 21 Club, iad a' dannsa 's a' leannanachd gus an tàinig a' mhadainn gheal.

Caibideil 12

The years pass, and when Prohibition is ended in 1933 Donald John reflects on his life and his future. He is suddenly overwhelmed with homesickness and longing for his family and homeland.

By this time he is jaded by both his marriage and his job. He is nostalgic for the happy and innocent days of his youth and regrets the contrast of his misdeeds. He apportions the blame of the whole episode on the 'Bible-thumpers' who enforced Prohibition.

He has witnessed the sins and temptations that afflict people when they are unemployed and does not believe he was worse than anyone else in similar circumstances. He decides he was drawn in to a spider's web of control. Instead of people becoming more civilised by the drink laws, they became unruly, intolerant, and discriminating of other races.

Bha am Prohibition seachad. Bha na bliadhnaichean cuideachd air a dhol seachad bhon a phòs Dòmhnall

Iain is Sinéad, is bha còignear chloinne aca. O, bhiodh trod ann an-dràsta 's a-rithist, Sinéad a' fagail airesan gu robh e an dèidh a bhith san speak nuair a thilleadh e dhachaigh anmoch. Bha i gu math eudach amharasach na dòigh. Aig amannan nuair a bha i ga fheitheamh, bhiodh an t-eud ga bìdeadh is ga h-ithe. An-dràsta 's a rithist bheireadh i truiseadh math air is bheireadh i rabhadh dha. B' fhada bhon uair sin a chaidh mìos nam pòg seachad. Uaireannan eile bhiodh bus sàmhach oirre fhad 's a bha an t-eud a' tachdadh nam faclan oirre.

Bhiodh Dòmhnall Iain le a smaointean fhèin, iad sin a' ruith mar abhainn bhon a dh'fhàg e Loch Baghasdail, an stuagh dhubh, mhì-chinnteach a dhragh an oidhche sin e. Rinn e coimeas eadar an stuagh sin agus an tè mhòr gheal air an robh e fad bhliadhnaichean a' Phrohibition: an stuagh a shluig is a ghlac e ann an New York, an tè a sguab Ameireagaidh gu lèir.

Bhuail cianalas mòr uabhasach a chridhe a' smaointinn air a mhàthair is athair, a pheathraichean is a bhràithrean, a luchd-gaoil is a luchd-eòlais, is Peigi cuideachd. Cha robh fhios dè am beò a bh' orra uile. Ghoirtich an ionndrainn seo e is lìon a chridhe le gaol air a h-uile sìon a dh'fhàg e às a dhèidh, a' siubhal choineanach air a' mhachaire le toirdsichean is strapan agus ag iasgach chudaigean còmhla ri gillean a' bhaile air an abhainn shìos fon taigh aige, air na lochan is na sgeirean a b' aithne dhaibh, agus a' dol a-mach air Oidhche Shamhna còmhla ris na balaich.

Dh'fhairich e àileadh blàth fuine a mhàthar agus àileadh an tombaca à pìob athar. Rinn e dealbh air Bess an cù a-staigh fon bheinge. Chual' e mialaich chaorach a' dol dhan fhang agus bùirean nam bò a' tilleadh gu eadradh. Thàinig àileadh an fhraoich is dìtheanan a' mhachaire na chuinnleanan.

Rinn seo dealbh bhrèagha laghach dha air a h-uile sìon a bha neoichiontach, rèidh, socair, laghach, bàidheil agus càirdeil.

Chuir inntinn car air adhart far an robh e na sheasamh an-dràsta, luath an t-siogàir aige a' tuiteam na duslach fuar geal-ghlas mu chasan. Chaith e am bun a bh' air fhàgail gu math coma agus stamp e air mar gu robh e airson na bliadhnaichean mu dheireadh a stampadh às cuideachd.

Bha e air fàs searbh dhan dol-a-mach aige fhèin, le deich bliadhna dhan Phrohibition, 's a h-uile mì-cheart is mì-lagh a bha na lùib, agus bha e a' streap ris a' mheadhan-aois. Dè a-nis? Smaointich e air a bheatha thuige seo is chunnaic e an rathad mì-chothromach air an robh e, làn lùban is chamaluban caola.

Cha robh e dad na bu mhiosa na duine sam bith eile. Bha e a' cur na coire air an fheadhainn a stèidhich an lagh, an dòrn air a' Bhìoball. Dè am feum a rinn sin ach cron – agus gu leòr dheth?

Chunntais e na cheann na peacaidhean is na buairidhean a bhuail na daoine: smocadh, siùrsachd, boireannaich ag òl am measg nam fear agus a' cluich chairtean. Sheall e air obair fhèin. Ghabhadh gach cron is mì-mhodh ceannach anns a h-uile dòigh. Bu bheag an t-iongnadh gu robh a leithid math dheth. Cha b' e trustair a bh' annta uile, ach thug èiginn is cruaidh-chàs air gu leòr dhiubh tionndadh gu cron. Ach cha robh èiginn sam bith airesan neo air gin dhan phoileas.

B' e lìon mòr an damhain-allaidh a bha seo ceart gu leòr, a' draghadh is a' tarraing is a glacadh an t-sluaigh. Lìon mòr farsaing a bh' ann. B' e Sàtan mòr dubh a bha san deoch a-nis, nathair mhòr dhubh ghrànda a bha a' cuibhleadh mu chuairt an t-sluaigh is gan togail is gan imlich a-staigh am measg gach salchair is sodail is fòirneirt a bha dol.

Bha na daoine dubha fhèin nan tràillean air an saoradh, is fhuair iadsan eòlas air an daoraich. Thòisich iad air dochann is air èigneachadh nam boireannach geala. Dh'èirich gràin-cinnidh am measg an t-sluaigh a thàinig a dh'obair dha na Stàitean agus muinntir nan Stàitean fhèin. Feadhainn a bha eòlach air an deoch nan dùthchannan fhèin: Èireannaich, Albannaich, Gearmailtich is Eadailtich. Bha miann an uisge-bheatha air na h-Èireannaich is na h-Albannaich, miann an leann air na Gearmailtich agus miann an fhìon air na h-Eadailtich.

Bha iad sin uile an sàs anns an deoch, agus gu math tric a' dèanamh barrachd airgid air muinntir an àite. Bha Al Capone mar shamhla air a seo. B' e milleanair mòr a bha an Al Capone seo a cheannaich an lagh is gach sìon eile a bha a dhìth air. Rinn Joe Ceanadach, Èireannach agus ceann-cinnidh nan Ceanadach ainmeil, fortan air tarraing an ruma à Siameuca.

Bha Dòmhnall Iain air ragachadh far an robh e a' smaointinn mu dheidhinn. Chrath e e fhèin. Bha blas a' chrogain na bheul aig an dol-a-mach a bh' ann, agus aig an tè a bha a-staigh roimhe cuideachd. Bha fuachd is mì-thlachd, aithreachas is cianalas uile air drùdhadh air a chnàmhan is air anam.

Dè a-nis? Thog e air dhachaigh, a h-uile ceum dha bhrògan mòra a' dearbhadh dha gu robh e a' dol a thilleadh a dh'Uibhist air chuairt cho luath 's a b' urrainn dha.

Caibideil 13

Donald John decides to visit Uist, and on his long journey he has time to reflect on his situation and circumstances. He is instantly refreshed when he reaches the Highlands and embarks on his ferry journey. The fresh air brushes his skin like soft fragrant kisses.

The journey becomes a see-saw of emotions as he convinces himself that other forces influenced his lifestyle. He feels sure he will be welcomed back with open arms.

Ghabh Dòmhnall Iain bàta air an astar fhada eadar New York is Glaschu. Dh'fhalbh e an uair sin air an trèan dhan Òban. Anns an Òban, bhuail cianalas mòr eile e nuair a dh'fhairich e àileadh na feamann. Sheall e a-mach am bàgh agus lìon e a shròn le àileadh na mara. Bha e na èiginn faighinn a dh'Uibhist. Dhragh e staigh tuilleadh dhan èadhar ghlan a bha seo, agus bha e a-nis mar gum biodh cleòca mòr dubh air togail far a ghuailnean. Dh'fhairich e glan.

Leum e air an aiseag, is iomadach bliadhna bho bha e oirre mu dheireadh. Nach e a shaoghal a dh'atharraich bhon latha sin.

Sheas e air an deic, is a h-uile oiteag mhara a' sguabadh is a' glanadh anam. Rinn e dealbh a-rithist air fhèin na thrustar mì-laghail sa bhaile far an robh e. Cha robh ann ach a' bhrùid shalach, ach bha e a' caitheamh sin bhuaithe a-nis mar a chaitheadh e dheth seacaid nam putan leis a h-uile h-oiteag bhrèagha ghlan a bha a' pògadh a ghruaidhean. Is ann a shaoil e gu robh òigh bhrèagha a' caitheamh phògan laghach air. An-dràsta 's a-rithist thigeadh sgleò dhubh air inntinn – goid, murt, bristeadh nam bòidean dha bhean nuair a ruigeadh e an speak.

Thionndaidh e car an-fhoiseil, ag ràdh ris fhèin, Nach robh iad uile coltach rium, a h-uile mac màthar aca. Chan eil mi dad nas fheàrr neo nas miosa na an fheadhainn eile a bha san obair agam. Is ann a tha mise a' cur na coire air na blaigeardan a rinn an lagh, iadsan a bha airson gum biodh an sluagh sòbarra agus saor airson an obair chruaidh a dhèanamh dhaibh nan cuid fhactaraidhean agus gus an dèanamh beairteach. Saor: dè dh'fhàg saor iad, is iad air an ceangal le slabhraidhean dubha na dibhe? Acairean cruaidhe gan greimeachadh is gan teannachadh. Abair saorsa: prìosan dubh dorcha Ifrinn fhèin.

Cha b' e droch dhuine a bh' annsan ach duine a ghabh ceum gus e fhèin a shaoradh bho bhochdainn is beagan adhartais a dhèanamh. Sin a thachair dha. Chaith e dheth tuilleadh dha na smaointean dubha a bha seo. Bha e a-nis a' faireachdainn cho glan is cho saor is e air ath-nuadhachadh. Rinn e feum dha coimhead air ais is air adhart.

Bha e dìreach na dhuine ùr, agus bha peacaidhean is buairidhean a' bhaile mhòir a' sìor leaghadh dheth. Bha e a' faireachdainn mar fhear a bha na sheasamh fo fhras uisge fuar glan nam beann.

Thuirt e ris fhèin, Nach e mo chàirdean a bhios moiteil asam nuair a ruigeas mi. Tha mi air dèanamh math nam dhreuchd, sgillinn neo dhà nam phòca. Ge-tà, cha leig mi dad orm ciamar a rinn mi an t-airgead. Tha mi spaideil leòmach, agus bidh mi ceart gu leòr còmhla ri mo dhaoine fhìn. Math dh'fhaodte nach till mi tuilleadh. Carson a tha mi dol a thilleadh? Tha an teaghlach air neo-ar-thaing a-nis, agus Sinéad, cha bhi i fada a' faighinn fear eile. Co-dhiù ma tha mi a' faireachdainn cho math seo air sàillibh a bhith nam dhùthaich fhìn.

Bha a h-uile tulg is srann dhan aiseag a' dearbhadh a smaointean. Chuir e seachad an turas-mara a' smaointinn air fhèin is air a shuidheachadh. Ràinig e Loch Baghasdail.

Caibideil 14

Donald John awakens in his mother's thatched house in Uist.

Her welcome is not as he had expected. He is greeted with instructions to attend church. He dons his kilt to impress his neighbours but they give him the cold shoulder and whisper among themselves.

Dhùisg Dòmhnall Iain an ath mhadainn ann an clòsaid bheag taigh-tughaidh a mhàthar. Bha athair air caochladh bho chionn bhliadhnaichean is bha a mhàthair a-nis na boireannach beag crom glas.

Dh'èirich Dòmhnall Iain sa mhionaid. Chuir e air an deise Ghàidhealach, ach bha an t-àite cho beag is cho cumhang. Chaidh e sìos dhan chidsin, far an robh a mhàthair aig an stòbh a' fraighigeadh. Bha i a-nis a' streap ris a' cheithir fichead. Theannaich Dòmhnall Iain strapaichean is bucail an èilidh teann mu a mheadhan mòr làidir. Shuidh e air sèithear aig a' bhòrd is chuir e air na brògan èilidh.

Chaidh e an uair sin a-null far an robh a mhàthair is theannaich e a ghàirdeanan calma mu chuairt air a meadhan. Cha tuirt iad facal. Cha ruigeadh iad a leas: bha buillean an cridheachan ag ràdh a h-uile facal. Ruith na deòir sìos a gruaidhean-se agus shuath i air falbh iad is thill i chon an stòbh. Shuidh iad an uair sin mun bhòrd is dh'ith iad a h-uile criomag ann an sàmhchair.

Bha a leithid ri ràdh, ach cò a bha dol a thòiseachadh, agus ciamar? Bha ise an impis tòiseachadh, ach bha i a' sluigeadh nam faclan còmhla ris a' hama. Mu dheireadh thall thuirt i ris, "Tha sinn a' dol dhan eaglais. Tha greis bho nach robh thu innte roimhe."

Sheall e air fhiaradh oirre is e a' faireachdainn a' chàinidh na guth. "Seadh, ma-tha" – dh'èirich e suas – "dè do bheachd air an deise Ghàidhealaich?"

"B' eòlach do sheanair oirre" am freagairt a fhuair e, agus gu dearbh cha b' e sin a bha dùil aige ris. Bha e airson gum moladh i cho brèagha is cho leòmach is a bha e.

Choisich iad còmhla, agus cha do chuir faclan neo cion fhaclan a mhàthar bacadh sam bith air mar a bha e a' faireachdainn. Latha àlainn mar seo le àileadh an fhraoich, dealain-dè ag itealaich is eòin a' seinn agus na caoraich is an crodh-laoigh nan laighe sa ghrèin. Bha sìth Dhè air an talamh. Is ann a bha Dòmhnall

Iain toilichte gu robh e air an rathad dhan eaglais. Bha taingealas is buidheachas na chridhe.

Shuidh iad, mar a b' àbhaist agus mar a bha cuimhn' aige, air an treas treasta bhon chùl air an taobh dheas. Leig e a mhàthair bheag chrìon a-staigh an toiseach. Thug seo cothrom dha e fhèin a stadhadh suas gus an toireadh an sluagh an aire dha, agus e ag ràdh fo anail, "An tug sibh an aire dhan duine mhòr a tha nur measg an-diugh?"

Shuidh e an uair sin a' coimhead thuige is bhuaithe air na daoine a bha mu choinneamh. Bha e a' dèanamh aithne gun chuimhne air a' chuid bu mhotha dhiubh. Bha a' chuid mhòr dhiubh air cromadh is air liathadh leis an aois.

Thòisich an searmon, is bha a h-uile dùil aig Dòmhnall Iain gum biodh fàilte air sna h-Intimations, ach cha robh idir, idir. Chùm am ministear air, air spiris ann an sin, anns a' Ghàidhlig. Cha robh Dòmhnall Iain a' tuigsinn facal dheth gus an do thòisich e air a' Mhac Stròdhail. Feumaidh gur ann ormsa a tha e a' bualadh. Dh'fheuch e ri èisteachd, ach bha a h-uile facal a-nis a' drùdhadh air agus ag innse dha gur e fìor pheacach a bh' ann. Mu dheireadh stad e a ghabhail beachd air an t-searmon agus thòisich e air beachd a ghabhail air na daoine a bha mu choinneamh.

Rinn e na b' fheàrr an turas seo. Dh'aithnich e Màiri

Sìne Eòghainn Mhòir, an t-seann tidsear aige. Bha Flòraidh is Ceit ann, peathraichean a mhàthar, agus bha Murchadh Iain Mhòir ann, nàbaidh a mhàthar, is Iain Ruairidh is Coinneach a bhràthair, a bha san sgoil còmhla ris is nach do charaich riamh far na cruit. Cha do phòs iad riamh, agus bha iad a' coimhead cho stòlda is cho sòbarra. Cha b' e iadsan a-mhàin ach a h-uile duine eile cuideachd. Bha iad mar bhalbhain, gun fhaireachdainn, gun tuigsinn, gun bheachdan, ag èisteachd ris na h-urchraichean a bha gan losgadh orra, ag ràdh gur e peacaich a bh' annta.

Chrom iad an cinn airson ùrnaigh is thuirt esan e fhèin, "A Dhia nam Feart, bheir dhomh mathanas. Mas iad seo na peacaich, tha mise ullamh is caillte gu bràth. Tha fhios agad fhèin, a Dhè, nach eil iad seo airidh air, sluagh a tha ag èirigh 's a' laighe a' cosnadh an arain làitheil air obair cruite is a' togail theaghlaichean. Beannaich iad, a Dhè. Is ann a bha còir aig an fhear ud falbh greiseag còmhla rium gu New York – obair mhòr dha an siud."

Dhùisg e às a smaoint nuair a chual' e cnàbladh pheppermints air a chùlaibh. Stad am pearsa-eaglais mu dheireadh thall, is bha an t-àm aige. Bha esan mar a bha Dòmhnall Iain fhèin: bha e a' dèanamh na h-obrach a bha an dàn dha. Bha creideas aig an t-sluagh ann is urram aca dha, is nach robh e fhèin mar sin? Nach fhaodadh e an rud a thogradh e a chaitheamh orra? Cò bha dol a chur bacadh air?

Air an rathad a-mach chùm e suas a cheann, is a-mach à oisean a fhradhairc bha e a' faicinn tè is fear neo dhà a' putadh a chèile is a' cograich.

"Siud poileasman mòr New York! Nach e a tha ga shaoiltinn fhèin, a shròn san adhar" aig Anna Mhòr. "Nach e a dh'fhàs mòr às fhèin – chan eil fhios aig Dia carson" aig Coinneach. Bha feadhainn eile nach tuirt guth mòr neo droch fhacal, dìreach a' coimhead air am fiaradh air. Thuirt an sùilean, *Nach iomadh deagh dhuine a dh'fhalbh riamh is nach do thill a b' fheàrr na esan.*

Bu mhath a bha fios aig an t-sluagh seo air cor an t-saoghail mhòir. Bha iad a' leughadh nan litrichean is nam pàipearan-naidheachd a bha na fir a dh'fhalbh a' cur thuca. Ceart gu leòr, bha iad beò ann an saoghal beag cumhang, ach bha dealbh gu math soilleir aca.

Chuir Dòmhnall Iain is a mhàthair seachad an còrr dhan latha a' bruidhinn a-null 's a-nall. Bha e an-dràsta mar chù is earball eadar a chasan, ach bha planaichean eile aige airson a-màireach.

Caibideil 15

He visits his relatives, but some will not allow him entry. Others mock and mimic him. Finally, he decides to visit Peggy for solace thinking things will be different with her.

An ath mhadainn dh'èirich Dòmhnall Iain gu sunndach. Bhuail e suas an deise Ghàidhealach a-rithist. Bha a mhàthair a' frithealadh air mar ghille beag nach do dh'fhàg an dachaigh riamh. O, bha fios aice glè mhath gum biodh daoine a' bruidhinn, ach nach ann mar sin a bha iad co-dhiù ma bha dad ùr anns an àite.

Dh'fhalbh e mach an doras is thionndaidh a mhàthair a-staigh na saoghal beag is le a smaointean fhèin. Bha e air a rathad a choimhead air a chàirdean. Stad e aig peathraichean a mhàthar an toiseach. Cha robh e staigh ach dhà neo trì mhionaidean nuair a thòisich iad air trod ris. "Carson a chaidh thusa dhan eaglais an-dè, gar nàrachadh, a' nàrachadh a h-uile duin' againn - nach eil thu nad Chaitligeach a-nis? Chan eil thu nad rud sam bith, is ann a bhios an gnothach."

Cha b' urrainn dha a chreidsinn cho geur is cho searbh is a bha iad. Thill e mach cho luath 's a bh' aige. Choisich e air an rathad chruaidh earrann mhath dhan latha, is ràinig e an t-Ìochdar, far an robh a pheathraichean is an teaghlaichean a' fuireach. Chunnaic e Flòraidh an toiseach. Dh'fhosgail i an doras air èiginn is thuirt i ris, "Dè tha thusa a dèanamh an seo? Tha thu mìchiatach!" Is dhùin i an doras air.

Smaoinich e, Ruigidh mi an còrr dhiubh co-dhiù, is cha bhi aca ri ràdh nach deach mi nan còir. Bha Mòr a phiuthar an sin aig an uinneig nuair a bha e air an starsaich. Thog i a dòrn mòr tiugh ris an uinneig le bus mòr cruinn a rèir sin, agus i mar gum biodh i a' cur smachd air gille beag a bha air cron a dhèanamh. Chaidh e chun an dorais co-dhiù, ach bha e glaiste air a shròin. "Aidh, gam chumail air an taobh eile," thuirt e ann am brunndail. Sin a chanadh iad ris a' chreideamh nach buineadh dhaibh.

Chùm e air co-dhiù far an robh Alasdair a bhràthair, an Creag Ghoraidh. Cha robh a cheum cho fìor shunndach a-nis. Bha e a' faireachdainn nach robh duine ga iarraidh. Stad e a thoirt "Latha math" do Dhonnchadh Bàn is do dh'Fhearchar Mòr, a bha trang a' spealadh. B' e Donnchadh bu bhioraiche buileach. Cha do rinn e ach smugaid a chaitheamh air a bhois is cumail air a' spealadh. Thuirt sin gu leòr ri Dòmhnall Iain.

Cha robh Fearchar mòran na b' fheàrr. Gheàrr e dheth e mar gum b' ann le faobhar na speal: "B' fheàrr dhut a bhith air feum a dhèanamh de chruit d' athar seach a bhith falbh an sin a' feuchainn ri duine mòr a dhèanamh dhìot fhèin. Thalla às mo rathad!"

Chùm Dòmhnall Iain suas a cheum. B' e an fhìrinn a bh' aig Fearchar. Co-dhiù, bha latha brèagha samhraidh ann. Cha robh dad a' dol a chur sgleò air – nach ann a bha e fortanach nach robh gunnaichean aca!

Ràinig e taigh a bhràthar co-dhiù. Bha Alasdair is a bhean Sìne is an dithis ghillean air grèim bìdh a ghabhail. Bha iad air a bhith fad an latha a' buain, is bha iad a' cur mu dheidhinn feuchainn a-mach a-rithist. Chaith Sìne thuige criomag bheag a bh' air fhàgail.

Cha robh mòran ri ràdh. Bha fios aig Dòmhnall Iain gun tàinig e orra car gun fhiosta. B' e an fhàilte a chuir Alasdair air, "Sin thu, ma-tha, buail dhìot an t-amadan èilidh a tha sin is thig a bhuain còmhla rinn. Nach
b' eòlach d' athair 's do sheanair air èileadh! Tha thu smaointinn gu bheil thu nad dhuine mòr! Huh – a' dèanamh airgid air deoch is a h-uile slaightearachd eile!" Leis a sin leum a bhràthair gu meadhan an ùrlair, thug e aon sùil shuarach dhiombach air is ghabh e mach chon na buana.

Chùm e air a' brunndail ris fhèin a-mach an doras is air an starsaich: "An rud a chuireas duine, 's e a dh'fheumas e a bhuain. Tha a bhuil ortsa dè tha thu a' cur is a' buain." Bha dithis mhac Alasdair a' cograich is a' giogadaich san oisean is iad a' magadh air. Chual' e na faclan "Chan fhaca mi duine riamh a' spealadh is èileadh air. Nach tuirt ar n-athair ris a chaitheamh dheth. Chan fhaca mi duine rùisgte a' spealadh na bu mhò!"

Bhuail faclan nam fear a bha seo gu math cruaidh air. Nuair a fhuair e às an t-sealladh, shuidh e air cnoc beag sàmhach agus smaointich e air a shuidheachadh: dorsan gan glasadh, dùirn gan togail, fir ga sgudadh dheth – ga ghearradh às le faobhar cruaidh an teanga.

Gheàrr seo a chridhe agus bha e nis a' faireachdainn mar dhearg-amadan. Bha an deise Ghàidhealach cho trom is cho blàth. Bha e na fhallas, na deòir a' sruthadh às a shùilean is a' ruith còmhla ris na deòir shaillte sìos mu ghruaidhean is mu amhaich.

Thòisich an uair sin na meanbhchuileagan air èaladh fon èileadh aige. Bhìd iad gu cruaidh e. Bha iadsan a-nis ga dhochann nan dòigh fhèin nuair a stad a h-uile sìon eile. *Cha robh faochadh ann dha.* Bha iad a' gabhail dha, a' criomadh is a' bìdeadh mar a bha na seangain bheaga air sràidean Phartaig is na boireannaich san speakeasy, a' deothal air fhuil is fheòil.

Rinn e coimeas eadar na dh'fhàg e às a dhèidh is na bha roimhe an seo. An seo bha e a' faireachdainn dearg-rùisgte a dh'aindeoin an èilidh mhòir! B' fheàrr leis a bhith falaichte ann an cùiltean dorcha New York fhèin – nach robh e air fàs eòlach air an dòighean a-nis. Cha ruigeadh e a leas e fhèin a chleith, oir co-dhiù bha mòran Ghàidheal eile còmhla ris, ach rinn esan peacadh mòr. Phòs e bana-Chaitligeach.

Smaointich e sa mhionaid air Peigi. Ruigidh mise Peigi.

Caibideil 16

However, Peggy is now happily married in a very secure life. But this visit leads to his understanding why he never received Peggy's letters!

Sheas Dòmhnall Iain an toiseach san taigh-òsta an Creag Ghoraidh is ghabh e dram. Thachair e air fir a bha a' dol gu cùirt ann an Loch nam Madadh, agus dh'fhaighneachd e dhaibh am faodadh e còmhdhail a ghabhail còmhla riutha gu Càirinis. Is math a bha cuimhn' aige càit an robh taigh Peigi – nach iomadh uair a chaidh e ga faicinn. An-diugh bha e mar gum biodh cas a' falbh is cas a' fuireach aige.

Smaointich e ris fhèin, Dè ma nì i mar a rinn a h-uile duine eile an-diugh, an tòn a thionndadh rium? Dè ma tha i pòsta is an duine a-staigh còmhla rithe? "Dè siud is dè seo" aige air a rathad. B' fheàrr leis nach robh a chas riamh air falbh. Is ann mar seo a bha a smaointean leis a h-uile ceum a ghabh e.

Uaireannan eile bha a chridhe a' lìonadh làn aoibhneis

is gràidh is spèis do Pheigi. Thuirt e ris fhèin, Nach e bha neònach, ge-tà, tè a bha cho laghach onarach fìrinneach rithe na dòigh, gun do leig i sìos mar siud mi. Cha do thuig mi riamh e, ach tha fios gu robh deagh adhbhar air a shon. Tha mi an dochas gu bheil i beò slan agus nach do thachair trioblaid sam bith dhi.

Gu dearbh cha robh boireannach ann an New York a sheasadh suas rithe. Nach ann mar sin a bha mi airson a dhèanamh cinnteach gum faighinn a-null i gu New York is gum biodh i agam dhomh fhìn. Math dh'fhaodte gur e an rud a bha an dàn dhuinn le chèile a thachair. Ciamar a bhiodh boireannach brèagha fìrinneach beò am measg bhuairidhean is slaightearachd New York agus a h-uile cron eile a bha mise an sàs ann agus na theis-meadhan?

Math dh'fhaodte nach eil i idir aig an taigh, ach ma tha, dè an fhàilte a tha i a' dol a chur orm? Chan e sin, ach dè a tha mi airidh air? Rinn e osna mhòr thùrsach. Nach e mo shaoghal-sa a tha air atharrachadh bhon a choinnich sinn bho dheireadh.

Dhìrich e Cnoc na Croise Mòire agus sheall e null air taigh Peigi agus thuirt e, "Cumaidh mi orm co-dhiù on a thàinig mi cho fada. Chan eil e gu diofar ciamar a tha an suidheachadh aice cho fad' 's a bhios i laghach bàidheil rium. Math dh'fhaodte gun gabh i nòisean eile dhìom!" Agus sgioblaich e an t-èileadh.

Ràinig Dòmhnall Iain an taigh, is cò bha na suidhe sa ghàrradh ach Peigi. Bha i air a h-èideadh gu h-eireachdail agus i na suidhe aig obair-ghrèise sa ghrèin. Bha ceann geal oirre agus beagan de chuideam na meadhan-aois, ach bha i cho bòidheach is a bha i riamh. Cha tàinig latha oirre.

Thog i a ceann is cha mhòr nach do thuit i far na cathrach. B' i fhèin a bhruidhinn an toiseach: "Cò às a nochd thusa? Cha robh fios agam gu robh thu beò."

Sheas i, agus shìn Dòmhnall Iain dhi a làmh agus e ag ràdh, "Tha mi toilichte d' fhaicinn, a Pheigi, agus nach tu a tha coimhead brèagha. Cha tàinig latha ort."

Fhreagair Peigi e: "Cha tug thu fada gus an do thòisich thu air do chuid brosgail."

Ach fhreagair esan ise: "Èist, a Pheigi. Chan ann idir a' brosgal a tha mi, agus chan ann a bha mi riamh. Tha mi ga chiallachadh, mar a bha mi a' ciallachadh a h-uile facal a thuirt mi riamh riut."

Thionndaidh Peigi air agus dh'fhaighneachd i dha, "Carson nach tug thu freagairt dha mo chuid litrichean? Cha robh d' fhaclan cho fìor sin, an robh?"

Leum Dòmhnall Iain a-null na b' fhaisge oirre. "Dè thuirt thu? An d' fhuair thu idir mo litrichean *agus* an t-airgead a chuir mi thugad? Chuir mi thugad am faradh airson tighinn còmhla rium."

Thuirt Peigi gun d' fhuair i dìreach beagan airgid.

Thòisich Dòmhnall Iain a-rithist: "Tha fios agam gur e boireannach ceart fìrinneach a tha annad. Dè idir a thachair?"

Thionndaidh Peigi ris: "An d' fhuair thu fhèin na litrichean a sgrìobh mise thugadsa? Fhuair mi feadhainn à Glaschu, agus tè no dhà an dèidh dhut New York a ruighinn, ach stad iad buileach glan an uair sin, ach chùm mise orm a' sgrìobhadh, an làn-dòchas gum faighinn a-null còmhla riut."

Fhreagair Dòmhnall Iain, "'S e bristeadh-cridhe cruaidh a bh' ann dhòmhsa nuair nach cuala mi bhuat."

Thionndaidh Peigi ris a-rithist: "Ciamar air an t-saoghal a bha thu a' smaointinn a bha mise a' faireachdainn? Is iomadh oidhche a bha mi a' cur nan car dhìom san leabaidh a' feuchainn ris a' cheist fhuasgladh: an robh thu beò neo marbh? Chan eil cothrom air a-nis, is chan eil reusan a bhith bruidhinn air. Tha mi nis pòsta aig fear eile, Caiptean anns a' Chabhlach Rìoghail. Tha e air falbh bhon taigh an-dràsta is tha an teaghlach air èirigh suas."

Dh'fhalbh Dòmhnall Iain cho aithghearr is a thàinig e.

Rinn e an gnothach air slàn fhàgail aig Peigi agus a ràdh gu robh e duilich dragh a chur oirre.

Bhuail rudeigin e mar shaighead chruaidh a thug dha fuasgladh air a' cheist. *Sinéad. Cò eile a bha a' gabhail gnothach ri mo chuid litrichean.*

Caibideil 17

Donald John returns to New York immediately to confront Sinéad, the woman he left behind.

Bha Dòmhnall Iain air an t-slighe air ais a New York an ath latha, an fhearg ga dhalladh agus an caoch dearg air. Thug boireannach a char às. Mheall i gu dubh e. Nach e a bha luideach, ach bha e feumach air boireannach aig an àm. Sheall e air a bheatha a-rithist is mhionnaich e ris fhèin nach robh ann ach an dearg-amadan.

Thuig e glè mhath na chaill e nuair a chaill e Peigi agus a chaill e a dhaoine fhèin. Cha robh duine ga iarraidh a-muigh neo mach.

Smaointich e air na fhuair e gu mì-chothromach, agus fhuair e a' bhean a bh' aige mar sin cuideachd. Gu dearbh, bha ise gu math na bu mhì-chothromaiche na esan. Math dh'fhaodte gu robh iad airidh air a chèile. Ach chan aidicheadh e sin idir. Bha ise ceàrr agus fada ceàrr. Nach robh fios aice an earbsa a chuir e innte.

Bha e glè cheart dha na fir a bhith ri mèirle, ach nuair a thigeadh e gu boireannaich, b' e rud eile a bha sin – gnothach cearbach, mìchiatach.

Thuirt e ris fhèin, Bha i dhan taobh eile, ach cha robh sin air diofar a dhèanamh dhòmhsa nam biodh i air a bhith onarach, ach math dh'fhaodte gun do thachair dhomh mar a bha mi airidh air, sùil airson sùl. Dè cho fìor is cho fìrinneach 's a tha mi fhìn air a bhith bho chionn fichead bliadhna? Tha mi creidsinn gu bheil gach sìon onarach ann an cogadh is ann an gaol.

Chan eil sin a' dèanamh mo chor dad nas fheàrr a-nis. Cha toir mise mathanas gu bràth dhan tè a tha còmhla rium. Fhuair i mise le cealg is foill, chuir i annam an dubhan gun fhiosta dhomh agus cheangail sinn an snaoim nach gabh fuasgladh. *Nach gabh fuasgladh! Sin a tha ise a' smaointinn. Ach tha i a' dol a dh'fhaighinn an rud a tha còir aice air!* Chùm e air fo anail: "A' bhanabhuidseach chaca ise: mura biodh i air a cuid acairean is shlabhraidhean a chur orm, b' fhada o bha mi air Peigi a phòsadh. Cuiridh mise geall gu robh mo bheatha air a bhith fada na bu rèidhe. Bhithinn air slighe eile a ghabhail.

"Dè 'm math a bhith bruidhinn," chùm e air. "Nach robh a h-uile duine ann an New York cealgach – nach e sin an suidheachadh anns an robh sinn beò? Am Prohibition agus an sluagh air an sàbhaladh. Tha mi faicinn mar a thachair dhomh bhon a dh'fhàg mi an t-àite is a fhuair mi cothrom air sealltainn air ais." Bha Dòmhnall Iain air an t-slighe air ais a-nis agus a' sealltainn tro leòsan uinneag a bheatha. Fhuair e ùine gu leòr a dhèanamh air an aiseag is air a' bhàta mhòr a thug air an astar fhada riamanach a New York e. Bha iomadh tulgadh air a' mhuir is air inntinn mun do ràinig e, is e uair a' socrachadh gu reusanta, uair eile air ghoil leis an fheirg.

Ach rinn an turas feum dha. Thug e sùil air fhèin anns an uinneig is chunnaic e iomadh suidheachadh san sgàthan a bha a' sealltainn dha mar a bha e. Dh'fhuasgail e cuideachd iomadh ceist, agus a' cheist a bu chudromaiche uile: an tè a bha còmhla ris.

Chan e a-mhàin gum faca e dealbh air fhèin, ach chunnaic e an dealbh a bh' aig muinntir Uibhist dheth. Thuig e math gu leòr carson, agus mar a chuir e a chùlaibh riutha. Bha e làn nàire. Seadh, chuir e a chùl ri a dhaoine fhèin, ri Peigi agus ris an Eaglais. Dè bha air fhagail? Dè a-nis?

Rinn e beairteas ceart gu leòr, ach dè am feum a bha sin a' dol a dhèanamh ma chaill e na rudan a bha cudromach sa bheatha seo: càirdean, gaol is earbsa? B' e slighe cham a bha e a' leughadh san sgàthan. Bha an dealbh cho soilleir ri solas na grèine air Loch Òlabhat.

Cha robh e gu diofar dè an car a ghabhadh inntinn. Bha an fhearg dhearg ga dhalladh nuair a bha e a' smaointinn air Sinéad. Bha e a' cur na coire oirrese airson nan lùbaidhean is nan camaidhean a ghabh cuairt a bheatha thuige seo.

Shuidh Dòmhnall Iain ann an sin, is e a' faireachdainn gu robh cuideigin os a chionn a' bualadh slaicean cruaidhe dhan ord air bàrr a chinn, ga chàineadh agus ga pheanasachadh. B' e Ifrinn dhubh a bha san turas seo.
Bha e a' goil am broinn dà shuidheachadh, an t-àite a dh'fhàg e is an t-àite far an robh e tilleadh. Bu mhath a bha fhios aige gur e Nèamh a dh'fhàg e às a dhèidh.

Leum e a-mach às an droch aisling is an trom-laighe anns an robh e, agus am bàta air ceangal ann an New York.

Caibideil 18

Donald John confronts Sinéad in a torrent of rage. He decides to leave both her and New York forever and return to Uist, but he is not accepted there. He attempts to attend both the church he was brought up in and the church he married into, but he somehow does not fit into either.

He now lives a lonely existence. He has travelled life's journey and this is now his destiny.

Cheannaich Dòmhnall Iain tiogaid airson tilleadh mun do dh'fhàg e an cidhe. Dh'fhalbh e ann an cabhaig is dh'fheuch e air an dachaigh mar gum biodh tarbh mar sgaoil.

Sheas e am meadhan an ùrlair is dhall e air a bhean Sinéad gu fiadhaich.

"Thusa a ghoid mo chuid litrichean! Thusa a thug mo char asam! 'S e am prìosan a tha thu airidh air, is chaithinn ann an-dràsta fhèin thu nam b' urrainn *dhomh. A nighean an Diabhail thusa, is bu sin thu! Tha fios agam glè mhath gun do bhrist thu an lagh a' gabhail gnothach ri mo litrichean, a bhanacheard na galla!*

"Tha siud gu leòr dhìot. Thusa, a ghalla dhubh a tha thu ann, thug thu mo char asam, agus chan eil mi a' dol a dh'fhuireach mionaid nas fhaide còmhla riut, a ghalla shuarach."

Thog e pana a bh' air a' bhòrd is sgailc e ris an ùrlar chruaidh e.

"*Dèan an rud a thogras tu a-nis. Cùm an taigh is na tha na bhroinn, is a' chlann a chuir mi mu chuairt ort. Thug mi dhut a h-uile sìon a th' agad, a bhanacheard loibh, is bu sin thu. Mise a' cur earbsa annadsa, a nighean an Diabhail!*"

Leis a sin dhùin e an doras le turtar mòr cinnteach mun d' fhuair i dad a ràdh. Dhùin e an doras gu sìorraidh air New York is na bha slaodte ris.

Shiubhail e air ais a dh'Uibhist air an ath bhàta. Dh'fhuirich e ann am bothag bheag a mhàthar. Chuireadh e seachad an còrr dha bheatha gun airgead, gun chàirdean, gun charaidean. Cha robh dad aig daoine mu dheidhinn. Chaidh e dhan Eaglais Chaitligich uair neo dhà, agus dhan Eaglais Phrostanaich, ach cha do ghabh duine an sin diù dheth. Bha e mar gum biodh e ceangailte air cipean cruinn ann an toll ceithir-cheàrnach.

Bha e air a chuairt a chur, agus b' e seo a bha an dàn dha a-nis.

BUIDHEACHAS

Cha bhithinn air peann a chur ri pàipear gun bhrosnachadh agus misneachadh bho Aonghas Pàdraig Caimbeul. Tha mi cuideachd fada an comain nan daoine a sgioblaich is a sgeadaich an sgrìobhadh, Tormod E. MacDhòmhnaill, sgoilear Gàidhlig a tha a' fuireach ann an Tobar na Màthar, Iain MacDhòmhnaill aig Comhairle nan Leabhraichean agus mo mhac, Fearghas.

Tha mi a' toirt taing cuideachd do Raibeart MacDhaibhidh, a chùm taic rium bho thoiseach gu deireadh. Bhrosnaich Bob mi gus a bhith nam sgrìobhadair didseatach! Agus a-nis tha leabhar againn.

Bu toigh leam cuideachd taing a thoirt do dhithis às na Stàitean. Tha mo cho-ogha Catrìona a' fuireach ann an Texas, agus chuir i fios thugam air post-dealain mu rudan air an robh cuimhne aig a h-athair bho lathaichean a' Phrohibition. Bha banacharaid eile, Leslie Gilmour à Arkansas, a thadhail orm agus a dh'inns naidheachdan sgoinneil dhomh a chuala i bho càirdean fhèin. Bha Al Capone a' fuireach sa bhaile far a bheil ise an-diugh.

Bho iomadh criomag fiosrachaidh chruthaich mi an sgeulachd fhicseanach seo, agus tha mi taingeil airson a h-uile taic agus cuideachadh a fhuair mi bho na fir agus na boireannaich a dh'ainmich mi.

Flòraidh NicDhòmhnaill

SANDSTONE PRESS – THE COMMITMENTS

Sandstone Press is committed to the
development of literacy.

Sandstone Press is committed to providing intelligent
books for the widest possible readership.

Sandstone Press is committed to the highest
levels of editing and design.

THE MEANMNACH SERIES

The Sandstone Meanmnach Series is aimed at Advanced Gaelic learners as well as accomplished readers. Recognising that most readers come from an English language background, they open with an introduction from the author that will contextualise and lead into the story. These stories are of novella length and so less daunting to the developing reader of Gaelic. They should serve as an intriguing introduction to longer works such as those published by Clàr for the Gaelic Books Council under the Ùr-Sgeul colophon.

Sgeulachdan an Dà Shaoghail ann an Ceithir Litrichean
Michael Newton

TALES FROM TWO WORLDS IN FOUR LETTERS draws liberally from a variety of narrative structures, plot devices, idioms, and folkloric motifs in Gaelic oral tradition, and makes many allusions to a cultural inheritance that was once well known to generations of Gaelic speakers.

The novella highlights the delicious texture of the Gaelic language itself, revisits traditional prose styles, and explores the psychological depths of fairytales, the genre of oral tradition that might seem to have the least relevance to the modern reader, not only reviewing these ancient wellsprings but renewing them with post-modern plot twists.

Michael Newton was born and raised in the south-eastern desert of California but gained fluency in Gaelic during a prolonged sojourn in Scotland (1992-1999). He completed a PhD in Celtic Studies at the University of Edinburgh during that time and has written numerous articles and books about Highland tradition and history, specialising especially in the story of Highland immigrant communities in North America.